新恋愛講座

新戀愛講座

林皎碧——譯

三島由紀夫

Mishima Yukio

目次

新戀愛講座

第一講　西洋的戀愛和日本的戀愛　008
第二講　情竇初開　018
第三講　初戀　028
第四講　戀愛和幻想　036
第五講　青春的犯錯　044
第六講　同性戀　052
第七講　嫉妒心　061
第八講　同情與愛情　071
第九講　性愛學校　079
第十講　戀愛的技巧　088

結束的美學

婚姻的結束 128
電話的結束 133
流行的結束 138
童貞的結束 143
OL的結束 148
尊敬的結束 153
學校的結束 158
美貌的結束 163
書信的結束 168
戲劇的結束 174
旅行的結束 179
爭吵的結束 184
個性的結束 189

理智的結束 195
禮儀的結束 200
相親的結束 205
寶石的結束 210
工作的結束 214
梅雨的結束 219
英雄的結束 224
嫉妒的結束 229
動物的結束 234
世界的結束 239

給年輕武士的精神談話

對年輕武士的談話 246
所謂勇者 256

所謂禮法 262
關於肉體 267
關於信義 272
關於快樂 278
關於羞恥心 283
關於禮儀 289
關於服裝 294
關於長幼有序 300
關於文弱之徒 306
關於努力 311

新戀愛講座

第一講　西洋的戀愛和日本的戀愛

我們在談戀愛時，並非只是出自本能地處在男人愛女人、女人愛男人，那種如動物般相互吸引的愛，人類的戀愛和動物的戀愛不一樣，會受到歷史、社會、環境等各樣制約。我們只是談戀愛，但那戀愛中反映了全人類的歷史和文化。就像我們存在的另一端存在著列祖列宗和許多文化趨勢般，現在你我的戀愛，絕非是獨自從天而降的隕石，由一個人而開始的戀愛，一切都受某種什麼所制約。在此，我要將戀愛分爲希臘式的戀愛、基督教式的戀愛和日本式的戀愛三大類別來談一談。

大抵上，西洋人的戀愛和前兩項都吻合，不過由於今日我們閱讀西洋小說、觀賞西洋電影，在許多地方已受到西洋文化影響，我們的戀愛也吸收不少那樣的戀愛觀念。原本所謂戀愛一詞，就是從英語的love翻譯而來，雖然在love一詞當中西洋的戀愛概念清楚導入，但是和日本的戀愛到底還是不一樣。

希臘式的戀愛，爲基督教出現前的戀愛，在柏拉圖《饗宴》的哲學一書中寫得很清楚。柏拉圖在《饗宴》中說所謂戀愛，就是我們的心爲美麗之人所吸引。當時的希臘有一點奇妙，幾乎無所謂男女的戀愛。和男人交合的女人，都是娼婦。其中雖有教養好的人，還是以娼婦居多，彼此間鮮少論及戀愛，只是逢場作戲。一般都是爲傳宗接代才結婚，未有因戀愛而結婚。所謂希臘式的戀愛，就是現在的同性戀，就是和美少年的戀愛。因此，柏拉圖所謂的美麗，指的就是美少年的美。大抵上，人爲美麗之人所吸引，乃是天性。爲什麼呢？因爲人有追求自己所欠缺、追求更美好事物的意識。總之，美麗之人的美，應該既是勝過自己、也是補足自己的缺憾。而且，柏拉圖做出結論，所謂愛是人類追求知識、爲達到眞正眞理的過程。

柏拉圖提出維納斯這位希臘的愛神，並常論及維納斯。維納斯是個凡事都站在中間的人。換言之，就是處於極度智慧之人和極度無智慧之人之中間。因爲有智慧的人幾乎如神般有智慧，自是無須再去追求智慧。無智慧的人滿足於自己的無知，也無須具有更多的智慧。維納斯則是居中，一直在追求更眞、更美、更善的境界及眞理。那也就是潛伏在人類心中，所謂愛的誕生。例如：看到美少年的美，就希望自己能得到那個美麗的人。然後，希望時間能夠維持更久，甚至永遠成爲自己的所有物，這就是愛，而且這愛愈來愈強烈，最初只是想得到對方的肉體，漸漸，擴至肉體之上的精神之美。若是擴至精神之美的話，就眞的成爲追求精神上之美、之德及眞理。若在人類身上，普通的戀愛從美麗的肉體追求到美麗的精神就告終，若有心使之永續時，那就會轉向藝術作品、浩大的英雄事業等各式各樣的事情。

那是柏拉圖一位名爲迪奧提瑪（Diotima）的智慧女友所說的話，她說，要達到愛的最深奧意義的正確之道如下：由日常的各個美麗之物出發，以絕美爲目標不斷往上前進，有如爬階梯般。然後，一個美麗的肉體進展至兩個美麗的肉體，兩個美麗的肉體進展至所有美麗的肉體，再由美麗的肉體進展至美麗的職業活動，美麗的職業活動進展至美麗的學問，更進一步由美麗的學問出發，終於認識眞正的眞理、也就是美的本質。也可以說，這就是希臘人的想法。

這和我們所認識的戀愛不相同，柏拉圖對於男人愛女人、女人愛男人這件事，和喜愛學問、喜愛知識，還有邁向英雄之路等，一律以相同動機來處理。直至今日，歐洲雖然產生各式各樣的哲學，一般都認爲其根源之一是維納斯，然而日本人自古就未曾有如此的想法，而是認爲戀愛和哲學、偉大事業，根本是迥然不同的事物。特別是儒教道德有強烈的這種想法，在儒教道德、武士道德裡，戀愛之類的事物絕不是人類精神活動的最根本，反而還受到相當的輕蔑。

基督教自羅馬時代產生以來，歐洲已進到二十世紀，而歐洲的所有戀愛概念，都縈繞著濃厚的基督教味。在歐洲，實在難以想像有脫離基督教以外的戀愛，若是如此，那就只剩下肉慾而已。以基督教思考的戀愛，完全摒除希臘思考方式中的慾望。基督教式的戀愛，完全脫離肉慾。由於以精神為主，捨棄被認為醜陋的肉體慾望，純為精神上的愛，對他人的愛不該僅限於戀人。例如：就連住在隔壁的可恨鄰居呀！最憎惡的敵人呀！也不得不去愛。總之，認同完全脫離普通人類所有的動物性慾望才是愛，這就是基督教的愛。若只是遵循人類慾望去行動，就無法去愛囉嗦的鄰居，甚至還會有憎惡、還會去殺死敵人，別說什麼要去愛敵人，可就怎麼樣也辦不到。在基督教中理想的人類形象，只有完全脫離人類的動物性慾望，才能夠面對真正的愛。

不過，隨著時代的變遷，基督教也漸漸出現各種形態，歐洲原本的戀愛觀念，開始加上了各式各樣的裝飾。其最中心思想，就是聖母崇拜。換言之，並非基督崇拜，而是聖母崇拜。基督教徒對於聖母瑪麗亞的處女受胎，也就是不經男女交合而產子的女性之愛，漸漸演變出對於所有女性的一種理想，因此基督教的戀愛，基本上就是對瑪莉亞的愛。這便是，宗教裡的情慾無論如何消除仍然沾黏不去的證據之一。其結果是，基督教的尼僧很難愛上男性的基督，而男性的基督徒不知不覺就愛上女性的瑪莉亞。因此，所謂瑪莉亞崇拜，存在於歐洲人戀愛的根柢。

其中最明顯的形態，就是騎士精神。所謂騎士，必須以凡事不求回報的誠實和忠實，忠心耿耿服侍自己的主子貴婦。那得絕對的忠誠，宛如對待神般，男人以絕對忠實，竭盡自己的眞誠獻上生命的戀愛。因此，騎士時代的騎士，對待自己的主子貴婦的心情，幾乎是和對待瑪莉亞一樣的心情。基督教式地擺脫慾望，才是最美——雖然所謂美麗一詞爲基督教所嫌惡，卻又對美麗之人獻上眞誠。至今，這種觀念仍然潛藏在歐洲戀愛的某處，對女性的憧憬乃是回歸對瑪莉亞的憧憬，宛如對瑪莉亞的憧憬般，壓抑自己的慾望，獻出最大的眞誠，縱使捨去生命也在所不惜的戀愛。

這和希臘式戀愛相比較，自然可見其差異。希臘人的思考裡，首先肯定人類的慾望，慢慢將慾望淨化、提升，爲其特色之一。希臘精神裡，人類既非動物、也非神。不過，因爲同時具備動物性和神性，所以無法否定人類的動物性。僅在提升之處立下理想。然而，基督教最初即否定人類的動物性，因爲有抹殺的動機，所以將人類的動物性歸諸全是惡、全是罪、全是惡魔的惡業。若想淨化，只有以結婚的形式來繁衍子孫才能達成淨化。因此，天主教的教義，至今仍認爲若非以繁衍子孫爲目的的其他性行爲，全部視爲非正常。因而，一旦結婚，就絕對不容離婚。雖然人類的慾望，在婚姻之外仍有許多的戀愛，但是天主教全都不認可。

這般極端的思考方式，使得壓抑動物性慾望的戀愛觀念盛行，從另一方面來說，也因歐洲人是動物性慾望較強的人種所致。他們比起日本人體格較爲強壯、慾望也較強。因此，也可說當他們不知自己這種慾望會發生怎樣的破壞力、會怎樣讓自己滅亡而感到恐怖時，基督教就誕生了。基督教這般否定慾望的宗教，能夠有如此大勢力的背後，不能不歸因於歐洲人是一種動物性本能強烈的人種吧！

從以上看來，其實可以看出我們日本的戀愛形態，是日本古來的戀愛和歐洲式的戀愛混雜在一起的。有受歐美文化影響的青年，如崇拜瑪莉亞般崇拜自己的戀人。另外，也有非常動物性的青年，不拘任何戀愛形式，僅是爲滿足自己的動物性慾望，且毫無任何罪惡感。這就是目前的現狀。

但是，慢慢回溯，日本人比起歐洲人，沒有慾望那麼強的動物性。往昔，不吃肉、慾望也較爲淡泊，體格也不像歐洲人強壯。就算日本人在某種程度上有所解放，但那種有破壞性的危險，恐怕也比較感覺不到吧！描述日本人最健康的戀愛就是《萬葉集》一書。《萬葉集》中的戀情，不像歐洲、希臘般具有哲學背景的戀愛。僅將古代民族率眞的肉體慾望，融入日本人溫柔的心情、纖細的生活感情中，素樸而坦率地描述美麗的離情、久別重逢戀人的喜悅等。

日本的所謂戀愛漸漸形成一種形態，大約在平安朝吧！至今，日本的戀愛不曾有過哲學性的背景。一種本能的慾望，以原本的形態表現出來，就產生戀愛。這有些類似希臘，發展卻又不相同。總之，日本人沒有希臘人那種將戀愛連接到哲學，淨化後形成一個世界觀的思考。對日本人而言，戀愛就是本能的正面感情。而且，在日本感情非常發達。其感情，絕不往哲學或其他方面去發展，僅是往感情的世界發展。因此，日本人一談到戀愛，露骨地說，就是一起睡覺的慾望。那種慾望再加上日本人的各種纖細的情感美學，就是日本人的戀愛。

日本最代表性的唐璜型放蕩子在原業平，也就是《伊勢物語》這本文學作品的主人公，當時隨著《伊勢物語》這種歌物語的誕生，也出現所謂的好色家，這種人幾乎等同喜愛戀愛、喜愛藝術的代名詞。戀愛專家，和藝術專家同樣都是「家」。那是由平安朝很多女流文學、戀愛文學而產生，敘述日本的歌道、戀愛之心，將敘述自身感情視爲最重要之事。之後，成爲所有小說或日記的最根本主題，連《源氏物語》中所謂「物之哀」[1]這個大題目，也帶有佛教思想的想法，不過日本人根本上只是在戀愛的感情形式上淨化。這是可見的一個完成形態。一方面，戀愛並不會造就英雄事業、政治、思想、哲學等。平安朝時代，漢文主要爲男性的文章，男性的文章大抵和戀愛無關。當然，有說《源氏物語》桐壺之卷的原典出自長恨歌，不過男人的世界、政治、思想、軍事及其他世界，使用漢文就足夠了。如此一來，男人的世界漸漸被隔絕在戀愛之外、隔絕在感情世界之外，所以絕對需要有一套只限男人的道德。

在西洋的想法裡，男人絕對要愛女人，愛女人的就是男人。然而，日本男人和戀愛無關，戀愛、還有感情及藝術全都委託給女人。男人僅限於政治、軍事和道德。兩性完完全全地分開。把女人摒除，最早完成的男人道德，就是受儒教道德影響所完成的武士道德。武士道德中，非常輕蔑且貶抑戀愛。總而言之，江戶文化三百年的太平盛世，我們並沒有戀愛哲學。因爲戀愛被認爲是娘娘腔，結果描述戀愛、歌頌戀愛的不是武士，而是町民之間所產生的文學。

1 物之哀：主觀接觸外界事物時，自然而然或情不自禁產生的幽深玄靜的情感。

雖然，江戶時代近松[2]的淨琉璃最愛歌詠男女之情，但這個近松卻連自己都不重視自己所寫的戀愛劇。他所重視的，還是依照男人道德所編寫的忠義及勇氣等所謂的時代劇。戀愛都能夠像近松這樣以感情淨化嗎？若非如此，那麼就會發展成爲遊蕩式的遊戲。因此，我們實在想不出有哪個時代的遊蕩文化比江戶時代還興盛？所謂遊里[3]文學的興盛，並非戀愛僅僅只是高度精緻化的肉慾遊戲。

明治維新後，歐洲的戀愛觀曾一度壓境而來，也有如前述的基督教式戀愛觀，希臘式戀愛觀。因此，日本人現在的精神狀態中，有以上所舉三種戀愛觀，實在是亂混之至。當年輕小姐在夢想美麗戀愛時，到底會有什麼樣的內容呢？電影之類所描述的美麗戀愛，或許實在夠低俗，但是西洋的戀愛，即使是電影中的通俗描述，不但有基督教的原罪意識，也有瑪莉亞崇拜的想法。因此，我們不知不覺地就描繪出戀愛的形態。雖說如此，我們沒那種時間、也沒那種力氣像古代日本人一般，光靠感情的力量去美化、淨化戀愛。忙碌的人只能和突發的本能慾望結合，並去滿足之。完全不會去思考戀愛爲何物。再怎麼閒逸的人，也無法像古代日本人般僅以感情的力量來消化戀愛，而是以突來的觀念和歐洲式戀愛囫圇結合。雖然浪漫文學在日本並不十分發達，不過因爲浪漫戀愛的想法所引起的悲劇，自明治以來已非一件、二件，而是以各種形態出現。

因此，我們的問題在於：身爲日本人能夠有怎樣的戀愛形態呢？雖然我們無法採取人工方式來完成，不過今後日本人應該如何思考戀愛爲何物呢？另外，在我們下意識的戀愛想法當中，到底被放進了什麼要素呢？只有從這個地方漸漸把問題擴大。譬如：我家太郎非常喜歡鄰家的花子，當喜歡之時，太郎自己已經背負戀愛這個人類的大課題，同時他自己也並非以動物的身分在愛花子。但是，若以身爲人類去愛時，又該如何愛呢？因爲，戀愛讓人袒露自己的眞正感情，那麼，自己眞正的感情，是以怎樣的誠實爲背景而去愛花子呢？那正是今後戀愛道德的由來。

2 近松門左衛門（1653-1724），本名杉森信盛，日本江戶時代淨琉璃和歌舞伎劇作家，創作了大量的傀儡淨琉璃劇本和歌舞伎劇本，把江戶戲劇由市井說唱推上了藝術的高峰。

3 遊里指特定劃分的地區內妓女戶群集之地。

第二講　情竇初開

我想把戀愛當成一棵植物成長般，依照種子萌芽、開花、結果，然後枯萎等順序來談一談，本次就以「情竇初開」爲題打頭陣吧！

拿珍珠來當例子吧！無論哪種珍珠都有一個核，然後在其周圍分泌珍珠質，才會形成一顆珍珠，戀愛也一樣，開始時需要有類似核般的東西。恰好就像珍珠當中的核，珍珠工廠以人工方式放進去的核，就是破碎貝殼類不美麗的小碎片，即使是自然形成的天然珍珠核，也是不足以採收的小石片。同樣道理，無論多麼美麗的戀愛，最初也是以極其無聊的動機而萌生愛苗的情況爲多。戀愛一般都是無意識之物，大部分的戀愛心理小說中的問題，都是發生在主角不知道自己陷入愛河的情況下。

譬如：A在想到B小姐的時候，絲毫不認爲自己和B小姐有情愫。但是和B小姐在一起，總覺得很快樂。看到B小姐堆滿笑容的臉，就一整天都覺得很快活，若和B小姐分開的話，工作就不起勁，好像有一種難以言喻的憂愁襲向自己，還有一起搭車時，不經意碰觸到B小姐的手，就認爲是非常重大的事情。但是，A絕不認爲自己愛上B小姐。他絲毫沒有意識到自己在戀愛，認爲自己只是如常地悲喜過日，不過總覺有哪裡不對勁。好像戴著一只不知爲何忽快忽慢的手錶般，因原因不明把手錶送進錶店。然後，就如同錶店師傅把錶分解後告知原因一樣，這時必須要有一個旁人來告訴當事人：這就是戀愛。或者也有人是自己去確認戀情後，才知道自己在戀愛。這是和本次題目「情竇初開」完全相反的現象。

然而，普通情況下，所謂戀愛很難以如此純粹的形態出現。我認爲戀愛最自然的成立，是從無意識的深處產生後，不知不覺中支配這人的全部生活而成立，不是嗎？接下來，我要談的題目是別的事情。

爲什麼我們的初戀大抵都在十七、八歲的思春期？我認爲，在此之前應該還有一個更早的階段。因爲那是自己無意識戀愛，以致難以捉摸。都會中的少年少女，生活在各式各樣的電影和小說刺激中，更是難以察覺。首先，初戀之前，任何人應該都有所謂「想戀愛」的階段。這是哲學家齊克果（Søren Kierkegaard）在其

〈唐・喬望尼論〉這篇論文中所寫到的事情，在「費加洛婚禮」出現一位名喚凱魯比諾的小廝。這個凱魯比諾，還在「想戀愛」的階段，因愛慕某貴族夫人，總認爲自己在戀愛而感到興高采烈。齊克果說，這就是戀愛的最初階段，將之定義爲「做夢的渴望」。

我們在快到青春期時，很難以自己眞正的本能直接與對方結合。雖然懵懂中有種想得到對方的心情，不過若想和特定對象結合，自己實在太年輕、也不知該如何結合？若想提出結婚要求，自己還未成年、也沒錢，戀愛的各種技巧也還不懂。從想得到對方的念頭中，漸漸在自己腦海中勾勒出幻影來。

我有過一個經驗，那是讀中學二、三年級時候的事。家裡的女傭大概想戲弄我，編出一個圈套騙我。告訴我有一個少女名喚桃子。我不知到底是否眞有此人？女傭告訴我，這位少女喜歡我。我問她是長得怎麼樣的少女呢？女傭說是非常漂亮的少女，原本想寫信給我但又不好意思，所以才請她轉達。後來我才知道，這個中年女傭覺得戲弄中學生很有趣，才想出這麼一位架空、不存在的少女，說要和我見面，想看我會有什麼反應。

然而，中學二年級的我，一聽這些話就全然相信了，開始做起美夢並不斷在腦海裡描繪桃子的形象。雖然感到不好意思，我還是每天作詩，其中寫了五首以「桃」爲名的詩獻給她，那五首詩還編號，一首一首，拜託女傭轉交給她。雖說都交給女傭，但想必那些詩都被丟棄了吧！在這當中，我慢慢察覺事有蹊蹺，才不再寫詩，不過當時的心理狀態，可以說是在自己的心中，抱著一種縱使沒有對象也成立的戀愛。

一進入思春期，自己周遭的世界和以往的孩童世界很不一樣，感覺就像另一個世界把自己包圍起來。換言之，在孩童及青少年初期時，我們平靜地安住在唯我獨尊的世界。孩童看似很孤獨，其實他們根本不知孤獨爲何物。我認爲孩童是以自已爲世界中心，而且感受不到他人的世界。自己就可以塡滿世界，即使小鬼頭般的少年們玩在一起，他們也很快就會把自己的世界當成全世界。然而，一到青春期，開始感覺到周圍的大人世界和別人的世界突然展開了。如此一來，就發現成人世界和自己的世界之間有道鴻溝。其間幾乎都是懸崖絕壁，那樣的世界非但不望向自己，也很輕視自己。雖然總想溜進去那個世界，但那兒卻充滿敵意，把自己摒棄於門外。此時，才開始感到孤獨。

雖說是青春期也已是十九歲左右的少年，前陣子看了一部電影《伊甸園之東》[1]，飾演卡爾一角的詹姆斯・狄恩（James Dean），確實把這時期少年的孤獨心理巧妙地掌握。爲什麼卡爾認爲自己不被喜愛？父親不愛、母親也不愛、任何一個大人都不愛，還鑽牛角尖認爲自己一定有被他人厭惡的原因。然而，這些都是卡爾的錯覺，畢竟人類活在一個若不能以任何形式相愛就無法生存的世界。卡爾企圖反抗這樣的世界，以致引發種種悲劇。

因此，在少年期時，對於自己周遭異質世界的反抗與模仿，會有等樣的強度在自己的內心相互攻防。反抗之下，有些成爲不良少年、有些一個勁反抗父母、也有些反抗師長。在模仿之下，落得只能在夢中擁有一個孤獨的自我隱匿所。換言之，自己能做的事，就是對外採取反抗、戰鬥的形式，獨自把自己關閉在家時，也只能夠孤獨地做夢。此時，就會產生「想戀愛」的心理。爲什麼呢？因爲少年看到大人似乎正在享受戀愛。就算看到大人在戀愛中的種種不幸，也會認爲在那不幸的戀愛中，必有自己所不知的歡樂。看到以悲劇收場的戀愛，縱使知道換成自己亦會如是，卻會有自己無法去嘗試的懊惱。因此，少女喜歡悲戀小說的電影，因爲可以在這悲情中做自己的夢、看見幸福，那種自己想辦法去玩味大人世界的感情，就是一種模仿本能。

此時的心理狀態有二個——總之，根本沒有人會愛我，我還小、還是個小孩、一個人也不能進入餐廳、零用錢又少，根本沒有人會喜愛我；同時，也會認爲若是戀愛了，對方不可能不會愛我。爲何會有這種理論呢？因爲對於他或她而言，自己還是個不值得被愛的存在。然而，這樣的存在，一旦認眞去愛，對方總有一天一定會愛自己，雖然自己是個還沒有戀愛資格的人，但只要去愛一次，就能擁有全部的資格。換言之，也就是無所謂中間階段之存在。一切聽天由命。世界不是零、就是全部的思考方式。抱持著自己能「獲得大人世界的全部」或「什麼都沒有的零」的心態。

這時，最期待眼前出現一位特定人物。然而，可以成爲對象的異性卻從未出現。另外，對少年而言，最困擾的事總認爲同齡的少女心地不善良、欠缺溫柔。對少女而言，同年齡少年則太孩子氣、欠缺了些什麼。大抵上，少年期的少年總是比較喜歡年長的異性。雖然感覺年長的異性對自己很溫柔、寬容，自己卻不知這樣的

1 臺灣譯為《天倫夢覺》。

感情是否等於愛情？雖然心中將此人當成戀愛對象，而現實中自己卻怎樣也不敢行動。因此，就自己編起故事。

這可分成幾種，首先，觸手可及的鄰家人物，最容易輕率地成為戀愛對象，這是第一類。

其次，也有人把遙不可及的人當成戀愛對象的。譬如：某少年在某處驚鴻一瞥，就愛上一個尊貴不可希冀的年長女性。那個女性和自己的生活環境不同、居住環境也不同，僅僅驚鴻一瞥，實際上對方根本沒看自己一眼。也有喜歡上這種人的情況。不過，會愛上這種人，也是因為遙不可及才成為戀愛的條件，雖然愛上可以到手的人很簡單，但仍會先把遙不可及之人當成戀愛的對象，這就是對異性恐懼的變形，畢竟遙不可及才安全。其實，要把對方當成自己現實中的戀愛對象相當困難，所以便在內心勾勒一個和對方戀愛的夢想。這是第二類。

再其次，更極端的就是愛上電影明星或小說中主角的這種半架空的人物。為什麼呢？電影明星是一種職業，始終都在演出戀愛供我們觀看。不知不覺中，竟感覺身為觀賞者的自己宛如被愛上了，其實那不過是鏡花水月而已。愛上這樣的人物，屬於第三類。同樣是「想戀愛」的階段，因個人性格之差異而有三種類的情竇初開。

第二類那種遙不可及的戀愛，全是在自己心裡戀愛，所以僅止於夢中。問題出在從近水樓臺開始的人身上，我想分析一下這種情形。

就算近水樓臺，也很難說這就是戀愛。我們每個人都有偏好，再漂亮的美女，也有人說毫無魅力，再不漂亮的醜女，在某些人眼中卻魅力無窮。偶爾碰上和身邊人戀愛嗜好一致的，反而比較少。不過，所謂戀愛嗜好，任何人都不是先天帶有，某人偏好母親的影像、某人則偏好早逝姊姊的影像。也許偏好的異性影像並非只是單純個人的嗜好，而是從祖先到整個民族，不知累積多久才從那人心中湧現。換言之，有一個不知源自何處的原型。那個原型成形後就是初戀，初戀之前的戀愛階段，得有一個形成那個原型的人。

總而言之，人長到十六、七歲就會想模仿大人去戀愛。然後，有時就會選中最近水樓臺的鄰家B，或傾向好像B的人，盲目把對方當成戀愛的對象。如此一來，漸漸感覺鄰家的B或那個好像B的人也愛上我了。雖然，A始終把B想像成自己的戀愛對象，如此下去卻未必就會成為初戀吧！

在成為眞正的初戀為止，在初戀的痛苦前會有一個自在快樂的階段。既然初戀也是戀愛之一，既然初戀也會以失戀、單戀告終，所以就會產生痛苦和傷悲，不過「想戀愛」的人並不知道痛苦。因爲一切都在心中解決、在夢中以故事結束，只有似有似無的喜悅而無痛苦。因爲自己從不行動，所以感覺有無限的可能。因此漸漸地，A並非看到現實中的B，而是自始至終看到自己夢中的B。不過，這些都還未達到直接告白或有所行動的階段。因爲考慮到B可能拒絕，怕遭遇這種情景而裹足不前。一切僅是在自己思考中前進的戀愛。

在最初階段，戀愛就是人和人的相互碰撞，如果有考慮到拒絕，當然也應考慮到再撞回去。再怎麼清純的初戀，也是一種人心的戰鬥，然而在「想戀愛」的階段，無所謂戰鬥之事。而且，尚未拉近距離靠近、也還不到彼此以人的身分相會面的地步。這種狀態想進一步成爲初戀，其實是有困難的，我認爲初戀是從偶然的動機開始，人和人、異性和異性相互碰撞，在面對面對決中才能產生。

另外，「想戀愛」的少年少女，還在非常幸福、如夢般的階段，尚未有人際之間的碰撞。那是孩童時期的延長。在這段時期漸漸成長的同時，我們知道，戀愛絕非只是腦海中思考的東西，換言之，對象的想法、對象所有的精神生活和自己的精神生活，在此邂逅、相互碰撞，從對象那裡取得該取的，而自己這裡該給的若不給的話，戀愛就不成立。成立時，想戀愛的階段就結束了。換言之，人生最初的幸福階段就告終了。爲什麼呢？

當我們成爲大人後，就不只是活在自己當中，而是一個人在自己的人生中。如何處理和他人的關係？如何讓自己接納他人？像這樣，被他人承認爲他人而成立的關係，就是人際關係，也是社會關係。尚未察覺到自己和他人有關係的狀態，才是幸福狀態。但是，在察覺到的瞬間，任何人都已陷入不幸。因爲至今只有自己一人的那個世界從此崩潰了。而且，原本只是自己一個人，現在不得不面對他人。從此，漸漸產生所謂初戀，以及初戀所帶來的各種悲傷與痛苦。

下一次，我想就來談談這件事吧！

第三講　初戀

經常聽到世人自誇，在三歲或小學時就開始初戀之類的話。但是，這並非眞正的初戀。當然，也有人在小時候，別說初戀，連露骨的性遊戲都體驗過，這當然也不是初戀。我認爲初戀就如上一章所述，那是「想戀愛」之後的另一階段，也是人生的大事。

我們在學校學習各種事物，在中學裡，我們學習歷史、地理、物理、數學等各種知識。但是，還不知道獲取這些知識及教養，對我們的人生到底有何關聯呢？也許老師會就性教育這個科目，教導我們許多的性知識，但也只是單純的科學知識，如同數學和物理。總之，不知道從學校所得的知識、自己從書本上獲得的知識，會和自己的人生在何處發生關聯？會在何處發生衝突？而一方面，中學生又有中學生的人生煩惱，譬如：活在世上有何意義？爲何生而爲人？未來該何去何從？長大後想當什麼樣的人？抱持許多這類的問題而煩惱著。也不知道這些問題與自己實際的人生，到底有何關係？我認爲所謂初戀，就是讓這些事物和自己的人生一下子產生出現連結之物。

以艱澀的語言來說，就是自己的官能和自己的人生相互碰撞、相互結合，自己的肉體和精神第一次相互碰撞，自己隱約感受到的性慾和自己漸漸修練而來的理性和知性，突然發現兩者間有著重大關聯，這，就是初戀。因此，初戀是人生的重大事件。

初戀之前少年期的心理，大抵是以極端的對比來看待人生。換言之，如同日陰和日照般，美與醜也黑白分明。這正是少年期的潔癖，一心一意追求美的事物，也有的少年只要一發現醜陋的事物，就立刻因矛盾而陷入絕望，甚至企圖自殺。然而，當生命中產生一股動力，想超越那種一切都以美和醜切割的人生態度，接著，統一那極端的對立，並將之融入生命動能的動力，這就是所謂的初戀事件。總之，在這樣的初戀事件裡，一直視爲醜陋的事物，也會在美的事物中被淨化，一直視爲美麗、清澈，卻又極不眞實的事物，也會被融入人性。然後，我們第一次發現了人生的意義。

大體上，就常理來說，初戀的對象，男女同校多爲同年級的異性，或他校的學生，或朋友的哥哥、姐姐等較自己年長者。心中對這些人的熱戀，經常到了無法自己的地步。舉個例子吧！我認爲從小一起長大、兩小無猜的青梅竹馬，轉化爲初戀情侶，是最神祕的事。眾所皆知的存在主義學派，規範戀愛的定義爲對他者所產生的感情，並說對象當中若無他者之因素則無法產生戀愛。

因此，就此意義上稍微離題，往昔的原始民族或土人的戰爭，戰爭必定以掠奪婦女爲終結，換言之，所謂敵人，對某一民族、部族而言，對於他者出現鬥爭意志的同時，也萌生明顯的戀愛慾，所以把婦女掠奪回去。戰爭，在原始形態裡，好像是戀愛的形式之一。也好像民族性的戀愛。因爲，他族對那民族而言正如同他者。

譬如：日本和美國爆發如此大的戰爭之後，爲何日本女性和美國大兵竟能這般輕易地結合。這未必只是街娼的問題，畢竟因爲美國和日本爆發戰爭，透過戰爭發現，對方的異性中有眞正的他者。因此，對培養戀愛來說，有極大的意義，不是嗎？所以戰爭之後，反而會強化異民族之間的結合。所謂文化一如戀愛，戰爭之後，文化交流反而會更加頻繁。這是因爲文化具有一種情慾的趨向，所以美國和日本相互發現對方爲他者，而讓自己與之結合。戰後，美國對於日本的花道、茶道及和服等非常風靡，而日本是如何地美國化，當然也眾所周知。

像這樣在發現他者的動態裡，戀愛爲最初的趨向，青梅竹馬的男女，一直以來並未接觸此類活動。如前所述的，情竇初開階段中，青梅竹馬之間恐怕難以產生如此的感覺。有A女和B男兩個少女少年，爲自幼一起長大的青梅竹馬。到了情竇初開階段，無疑地，A女和B男恐怕不會選擇彼此爲對象吧！無疑地，在那幸福、充滿夢想的階段，兩人會各自去追求其他的對象吧！

但是，初戀會在這對青梅竹馬之間慢慢產生，一直以來正常來往的少年少女兩人，小時候女孩在扮家家酒時，會把男孩當客人來招呼，男孩在玩戰爭遊戲時，會抓女孩來當俘虜。這兩個人不知爲何感情極好，簡直像兄妹一般，沒看到對方時總覺得不舒坦，一見面就天南地北亂聊一通，但卻不曾談過戀愛之類的話語。總之，只覺得就是喜歡。一切平靜，沒有絲毫的焦慮情緒，認爲所謂人生就是如此，也認爲所謂人和人，就是那般相親相愛、毫無隔閡。兩人之間，和平相處。但是，一旦轉爲初戀的瞬間，以方才的理論來說，至今相親相愛的青梅竹馬，突然發現他者了。

這實在太恐怖，有如翻轉人生的大發現！至今毫無隔閡、打成一片的兩人之間，突然出現了一個深淵。換言之，我在此，突然意識到對面存在一個不知關係爲何之人。原本單純的A女和B男，突然之間意識到對面有一個未知、不可思議，好似對立關係的人。那就是對立的產生、戰爭的產生。

因此，就此意義來說，初戀並非如世間所以爲那般幸福、夢幻的體驗，而是人生最初的不幸事件。雖然感覺不幸，但就重大意義而言並非不幸，而是最初的體驗。原本不須言語就能互通的兩個人，突然變得好像不認識了。總之，開始察覺到彼此間的共同語言好像無法溝通了。如今彼此碰面時，連「天氣眞好啊！」、「是呀！」或「好冷啊！」、「是呀！」的開場白，也無法自然說出來。而且當對方說出：「天氣眞好啊！」竟然會在意，對方究竟有何深意呢？倒也不是說想吵架，只是覺得，原本兩人之間所慣用的語言，竟然無法溝通了。

然後，她的笑乃至他的笑、她的淚乃至他的淚、她的語言乃至他的語言，不知什麼理由，一件件都開始變得無法溝通。儘管有一股想和對方結合的強烈衝動，卻又覺得，無論自己說什麼都會被誤解，自己對言語也變得焦慮，再無法像以前那般流暢地表達出來。然而，兩人之間再沒有比此時更強烈地相互吸引。原本親近且和平相處的兩個人，爲何開始變得緊緊相吸呢？那是因爲在對方身上，突然產生他者的感覺。

因此，認爲初戀完全屬於精神層面的事物可說是一種奇怪的論說。若說性愛（erotic）比性慾一詞更廣義，那麼性愛中若沒有潛藏更深層的動機，應該就不致於產生這樣的心理。不過，畢竟初戀只能以彼此都非常生硬的方式展開。同樣沒經驗的兩個人，只能採取極不靈巧、危險的方式進行。雖然相互誤解又誤解，彼此都被對方所愛卻不知道，最後，還是演變成相愛的形態。所謂典型的初戀，即爲如此。如果初戀的對方是很有經驗的異性，那將會是另一種形態。換言之，如果對方深愛自己就另當別論，但若對方已經經歷過初戀，而且也不愛我，我卻以初戀情懷深愛對方，在這種情形之下，戀情將隨著對方的作爲產生各種結果。

總之，被愛的男性，縱使感覺到這個女性深愛自己，爲了少女的未來，會巧妙地不讓這個初戀露出破綻，而能夠以美好回憶作結的話，少女一定還能去尋找另一個適合自己的對象。但假如對方趁機攪亂少女的人生，她在人生的開端就會碰撞到可怕的絕望，一切都會幻滅。假如對方是一個具有良知的異性，少女就會漸漸明白對方並非和自己一樣付出相同的感情。換言之，能以良知來處理，僅限於在對方更成熟的情形下，其實只是對方把自己當小孩看待，成功帶領而已。

另外，假如對方是壞人的話，無疑會去踐踏、利用自己的初戀情懷。假如彼此都是初戀的話，經過生疏的過程，即使順利結婚了，因為不靈巧，說不定何時也會出現破局。雖然我盡說些悲觀的結局，但是並沒有這三個案例之外的初戀，這就是為何世上的成年人皆曰初戀破局者是幸福的。

因此，設想一下不破局的情況，如果有經驗的異性，能成功地守護、庇護那個初戀的異性，像人生導師般漸漸引導對方至結婚，然後過著婚姻生活，也許可說就是初戀不破局的幸福案例吧！現在假設年長的異性為男性的話，這個男人也無法一輩子成功地完成丈夫、導師的角色，愈是深愛對方愈會把她塑造成玩偶，好不容易才對人生覺醒的少女，反而因幸福的婚姻，成為易卜生[1]戲劇《木偶之家》中的娜拉一般被寵愛的玩偶，這種危險也是存在著。就此意義上，世間才會說初戀最好還是破局。

然而，應該沒有那種在人生的開始就希望破局的傻瓜，任誰都希望初戀能成功，能向幸福邁進。自己的善良意圖、自己的正確意圖、自己的美麗意圖，必定能在人生上有所成就——我們抱持著如夢般的想法前進，不過人生未必就能如此，這是初戀過程中不得不學習的教訓。這也就是我說「初戀是人生大事件」的緣故。

然後，學到人生光靠自己的善良意圖、正確意圖、美麗意圖等等，什麼都行不通，對此感到絕望、不幸墮落之人，縱使生爲人類必會被說是一無是處。

因此，縱使在人生成長的過程中遭遇了初戀的幻滅，不被擊垮、以更積極的態度去面對人生的這種強大力量，才是初戀作爲試金石的價值所在吧！

1 易卜生（Henrik Johan Ibsen 1928-1906），挪威詩人及劇作家，擅長以寫實的手法呈現當代的問題。

第四講　戀愛和幻想

所謂戀愛論，最廣爲人閱讀者，我認爲恐怕是史頓達爾[1]的《戀愛論》吧！史頓達爾把戀愛時期分爲：一、讚賞；二、如何高興地作各種空想；三、希望；四、產生情愫；五、第一次結晶作用；六、浮現疑念；七、第二次結晶作用，這七個時期。還說，由一進展至二之間，約需一年的歲月，由三至七之間所需的時間則非常快速。史頓達爾《戀愛論》的一大特徵，就是所謂結晶作用。把一根小樹枝放進薩爾茨堡（Salzburg）的鹽坑中，立刻就會產生結晶現象，不一會兒工夫，就產生像水晶般美麗的結晶來，不斷舉這個例子來譬喻戀人在夢幻中，產生非常美麗的結晶，正是戀愛的最大動機。

對戀愛當事人而言，對方是特別之存在，別人看來毫無價值的人，當事人卻覺得是世上無可取代的人，因此悲觀的人就說，戀愛不過就是一切的錯覺而已。二十世紀的小說家普魯斯特[2]認爲戀愛如生病般，既可以診斷，也可以分析。普魯斯特的戀愛小說，非常悲觀地描述戀愛。總之，愛者和不愛者之間的戀愛，必定以絕望收場。被愛者縱使渺小平凡，就愛慕者看來他卻美麗非凡。一旦愛慕之心消失，其存在立刻如稻草般一文不值。

普魯斯特把十九世紀史頓達爾之說，寫成極端悲觀的小說。不過，史頓達爾的《戀愛論》倒沒那麼悲觀。史頓達爾相信人類有所謂的熱情。熱情是人類心中最崇高、最有價值的感情，正因爲有熱情，人類才有活下去的價值。他輕視法國人缺少熱情，認爲義大利人才是理想的人類。普魯斯特則抱持悲觀的想法，根本不相信有熱情，所謂戀愛全都是錯覺，也是一種病。

我對戀愛的看法，不像普魯斯特那般悲觀。爲什麼呢？若說戀愛是錯覺的話，那麼人生也是錯覺，覺得某個女人或某個男人很美好而愛戀一事，和人們覺得自己的工作很美好而熱愛它、完成它，完全一樣。換言之，有人躲在山中的小木材工廠工作，認爲這工作值得自己做一輩子，於是灌注熱情，度過非常有意義的一生；也

1 史頓達爾（Stendhal 1783-1842），法國著名作家，代表作為《紅與黑》。

2 普魯斯特（Marcel Proust 1871-1922），法國重要小說家之一，被視為西方意識流小說的先驅，代表作為《追憶似水年華》。

有住在都會的有錢人，卻因衣食無缺，人生毫無夢想和目標，度過不幸的一生。若說這些全都是錯覺的話，戀愛是錯覺、工作也是錯覺，那麼活在世上的一切全都是錯覺，人生根本沒有懷抱夢想之餘地，活在世上根本是徒勞。就此意義上，普魯斯特的想法，眞是悲哀的病態思考。

在此，我也想就戀愛的——就說是「錯覺要素」吧，也就是「爲何戀愛會讓人生看起來更美麗」一事來談一談。那是史頓達爾所思考的一個悲劇例子：某年輕小姐聽說有位名叫愛德華的有爲年輕人不久將從軍隊歸來，雖然尚未見過面，卻已非常愛慕他。有一天，在教會聽到有人叫一個年輕人愛德華，她便認定這年輕人是愛德華，也就愛上他了。然而，一週後，眞正的愛德華從軍隊回來了。那人並非她在教會看到的年輕人。她臉色發青，陷入極度的不幸中。

戀愛裡常有這樣的事，人爲自己描繪幻想，甚至會認錯人。不過話說回來，戀愛中，即使戀人彼此相愛，也需要千變萬化的互動。因爲不帶神祕感的戀人，會魅力盡失，會讓我們失去幻想力。因此，戀愛中的人充滿矛盾，爲了確認對方的愛，幾乎會時時刻刻不斷要求愛的證言。其實，在知道眞正被愛的瞬間，也許戀愛的心情立刻就消失了。這就如同努力追求眞實，也許在抓住之時眞實就消失了。

各位也許正處於想打破美好戀愛印象的年紀，並受到這樣的情緒所支配。人與人之間的信賴感，並非戀愛的眞正要素。談到信賴感，朋友之間的友情可以說更強烈吧！還有長相廝守夫婦間的愛情，其信賴感也比戀人間強烈得多。所謂戀愛，到頭來必在某處潛藏著某種無法理解的事物。譬如：讓對方說出我愛你，未必就能成爲我愛你的證據。

極端而言，就算意圖從肉體上求取證據，但有時不見得能找到愛的證據。悲哀的是，人類就算不愛對方，還是可以委身對方。不僅男人如此，女人也是。我認爲人類戀愛和動物戀愛相異之處，在於可以靈肉分離。然而，人類若是如動物般，喜歡或厭惡都只能以身體來表達的話，戀愛就無從發生。人類有情感，想追求情感證據，就無法用肉體證明。若想用肉體證明，就無法用感情追求。像這樣，在人類獨特的分裂狀態中，戀愛就發生了。成爲人類的一種特徵。

熱情的法則，傾向自己背叛自己，理性的法則完全不一樣，因此，謊言變得不是謊言，眞實也不再是眞實。如此看來，若有所謂眞正聰明的戀愛的話，只有不去愛對方。若是不愛對方，只是被愛的話，就可以隨心所欲，世界有如可以自由透視的玻璃建築。另一方面，愛人的那一方都成了傻瓜，世界一片黑暗，沒有任何事是自己能夠明白的，也看不到任何前景。如此一來，雖然A和B面對面，對於愛人的一方而言，世界充滿謎題，不過對於不愛人只被愛的一方而言，簡直是一眼看透世界。

然而，兩人的這種狀態是否能一直持續呢？其實，正因無法持續下去，才是有趣之處。總之，再怎麼自戀的女人，也不耐於「不愛人只被愛」的狀態。眾人所愛的美麗女子，無緣無故愛上一個不怎麼樣的男人，這種情形之所以經常發生，正是因爲若僅是被愛，世界會變得過於隨心所欲，任何事物都能一眼看透的空虛會讓人感到不耐煩，所以會期待再度回到謎樣的世界。另外，愛人的一方，對於自己所付出的愛也會感到疲憊，爲尋找一個喘息之所，也會嚮往僅是被愛的狀態。

因此，在戀愛裡，被愛和愛人的立場時常更迭、轉換成各種角色，世上有許多人處於被愛的立場，也有許多人處於愛人的立場，這是無可奈何的事。美麗的女子通常是處於被愛的立場居多，醜男則是處於不被愛、愛人的立場居多。因此，戀愛的悲劇發生在醜男和美女之間較多。這種情況也許會成爲絕望的戀愛；但是並非醜男就沒人愛，最近的一部美國電影《君子好逑》（Marty）就是描述箇中的趣事。

《君子好逑》中，歐尼斯·鮑寧（Ernest Borgnine）所飾演的醜男，認爲自己絕不會爲人所愛。但是這位青年很渴望嘗試一下愛人及被愛所帶來的喜悅，是一部令人莞爾的電影。不過，愛人的一方蟄居在自己的殼裡，當對方知道自己被愛時，也許會覺得很無趣，這也是經常被大作文章之處。

我曾讀過的稿子中，有一位女性自述的小故事，她自稱對於經常來訪的醫師很有好感。那位醫師一來家裡，她就會覺得坐立不安、情緒激動，常常期待與他相會。有一天，醫師來時，她正好手邊有工作，只好請醫師在客廳稍待。十五分鐘後，她走進客廳。醫師立刻站起來，以非常期待的神情靠近她。但是，看到對方獲得滿足的表情，突然之間她竟產生一股厭惡感，覺得這位醫師令人討厭。像這種狀況，就是戀愛中不可思議的案例。她愛的是原來的他，他一告白後，她對他的愛意立即消失。人在愛一個人之時，同時希望對方也愛自己和希望對方保持自己愛上時的原狀，這兩種心情可說是不斷在作戰吧！

在此，我們來思考一下世間常說的「相思相愛」，是否眞有其事呢？世人也常說，戀愛數只有十，若有一方的愛是六分、另一方就只有四分；一方的愛只有三分、另一方就有七分。若是如此，是否雙方都可以各愛五分呢？因爲人類始終都在變動中，想永久保持五五波非常困難。這大抵就像狐和狸相互欺瞞一般，想維持五五波除此之外無他。因此，若想圓滿維持五五波的戀愛，無論如何都得需要些技巧、需要些詐術。譬如：有一個愛著A女的B男，假如B男是一個好色之徒，所以B男對於無法一直對A女保持愛的狀態感到不安。然後，B男結交一個C女戀人。其實，B男並非眞正愛上C女，只是想藉C女的存在，維持自己對A女的忠貞。這麼說也許很奇怪，不過這是因爲B男太瞭解自己的性格，他的行爲是出於一種對A女的誠意。

於此，人類的心中就產生不可思議的法則。在戀愛中，人類的誠實和眞心很難一概而論。很多太太會在婚後把自己過去的戀情向丈夫一股腦告白，但我懷疑，這是否就能夠稱爲誠實？丈夫會因此而經常感到懊惱吧！她所謂的誠實，其實只是對自己誠實而已。全人類的愛情裡，對自己誠實這件事，未必就是對戀愛誠實，眞是諷刺的法則啊！雖然這也許是過於偏激的言論，不過我想說的是，在戀愛中，所謂的誠實應該是對對方的誠實。

更進一步說，所謂誠實就是如何讓對方長久維持美好的幻想。畢竟誠實並非強壓著自己的眞心，毋寧說是捨棄自己而爲對方著想，如此一來，謊言也會變爲誠實。譬如：假如對方認爲自己是一個認眞純情的男人，就不要讓她看到自己醜陋的另一面，這就是誠實，不知各位認爲如何？讓對方一直認爲自己是認眞的純情男人，也許才就是對對方的誠實吧！毀滅對方的幻想，在戀愛中是否可以稱之誠實呢？這有很大的疑問。

因此互相要求眞心，絕對不能要求那種自以爲是的誠實。戀愛並非兒戲，而是成年人的行爲，所以人和人之間的謊言，就讓它爲最美好的目的而服務吧！我認爲，所謂謊言，在戀愛中擁有最誠實的意義。

第五講　青春的犯錯

最近，我聽到這樣一個故事。有一對同公司的戀人，兩人非常相愛，是一對眞心的情侶。因已論及婚嫁，男方便回故鄉徵求雙親的同意。沒想到因爲男方是地方世家，相當重視門當戶對，因此雙親說什麼都不同意這門身分懸殊的婚事。不過，在他回故鄉徵求雙親同意婚事之前，女方已經委身給他了。當然，肉體上的危機至今已發生過好幾次，雖然女方好幾次都想答應，但想到爲了兩個人的將來，還是應該等到結婚，以致都沒允許。然而，男方即將爲徵求雙親的同意，出發返回故鄉。這一別，沒有十天半個月是回不來的。一念之間，女方屈服於男方的熱情，而委身於他了。

從故鄉回來的男方非常沮喪，因爲「不知到底該如何是好？」雙親不同意，光靠兩人的微薄月薪，也實在無法過日子。女方原本以爲可以順利成婚，但卻事與願違，也感到非常悲傷。既然如此，一定得訴諸某些非常手段，否則兩人是無法結婚的，一時之間卻又下不了決心訴諸非常手段。此時，兩人不知所措，但奇妙的事發生了，他與她在此時再次發生了肉體關係。之後，她淚眼婆娑找一位年長婦人商量，這件事我就是從那位年長婦人那聽來的。婦人說，第一次以身相許雖然不好，也還說得過去，第二次以身相許眞是不明白所以然。

但是，我反對道：「不！第二次的以身相許實在有其必然性，不是嗎？」換言之，女方已經陷入絕望，不知該如何是好時，如果男方不再索求身體，必定會感到受侮辱。從故鄉失敗回來的男方，若不向女方要求的話，女方恐怕會認爲男方打算分手，才會開始如此保守自己的身體。因此，對女方而言，男方再度要求身體，既是令人高興的事，必然也有一種非有所回應不可的心情。從男方立場看來，若是眞正相愛的話，自己爲此事回來，縱使尚未下定決心、生活也不安穩，但是對於以身相許的親密愛人，絕對無法就這樣拋棄。我對那個婦人說，第二次他所感受到的喜悅，一定更深刻。

好吧！暫且擱下這故事，這回我要談的題目是「青春的犯錯」，不過第一次確實是犯錯，第二次就不能說是犯錯了吧！但是，世間對於這種「犯錯」的輕率觀念，就是把肉體關係全部包括在內，只要是婚前的男女肉體關係，全部都是犯錯。

這是非常庸俗粗鄙的想法。世間的好色之徒常愛說，女人只要給了嘴唇，終究會糊里糊塗交付身體。這是對女性相當侮辱的說法，嘴唇先另當別論，但以身相許是女人最大信賴的表現，絕不能以「犯錯」一詞來處理，特別是有第二次的情形等，只能認爲是純愛的表現。對於世間的肉體觀念，特別是年輕女性的想法，我感到非常不可思議。換言之，就是以非常感傷的動機獻出自己的身體，獻出肉體後一旦被人拋棄，就自暴自棄地認爲，自己再也回不去了，或是因爲經常從男人那裡得到了什麼，就認爲非以身體回報不可。抱持這種奇怪的報恩想法，譬如：拿人家的鑽石首飾、高級房車後，縱使許以身體，也絲毫不覺得自己是娼婦等，這些種種不可思議的想法不勝枚舉。這和庸俗粗鄙的世間以所謂「犯錯」一詞來處理男女肉體關係，可說是互爲表裡。

我認爲，男人對女人當然應該負責任，不過女人也該爲自己的身體負責任。總之，女人對自己的肉體也要坦率，並捨棄感傷的想法。好像有些過於極端的言論，例如若是獻身給所愛的男人，只因有一個不甘心的結局，一生就此亂七八糟、自暴自棄用自己的身體周旋在眾多男人中，我實在不明白，有何理由這樣做呢？

總而言之，這就是對於女性的身體獨有一種處女崇拜吧！所以，認爲只有處女才能結婚者，這雖然是昔時的想法，其實也是將婚姻視爲私有財產，或是宗教性思維下的獨特產物。其實，縱使女人曾把身體給了其他的男人，也不該說等於創傷。肉體這東西，無論多少次都是新鮮的、可以甦醒的，她的下一次戀情，依然可以極爲清純。雖然曾經失身，精神上也仍可返回。過於重視肉體的結果，就會認爲只要曾經失身一次，就再也回不去精神的世界、高貴的戀愛世界。我認爲，這是年輕人非現實性的感傷主義。那些絲毫不認爲自己感傷，只是毫無感覺將肉體給一個又一個男人的不良少女，其實和戀慕著不曾謀面、進行如夢般的戀情的少女，都是相去不遠的感傷者。

到目前爲止，我已經講了四回的各式戀愛，既然戀愛無法逃脫肉體，難免就會產生些什麼此類危機。因爲這樣的原因而發生的悲劇，如同有名的魏德金[1]的戲劇《青春的覺醒》中，所描述的衝動的思春期遊戲，不久卻變成人殺人。少女薇多拉最後爲維護母親的名譽做出犧牲被迫墮胎，也因此死亡。因爲世上也有這種事。在此，我想針對這情形提出具體意見給大家。

1 魏德金（Frank Wedekind 1864-1918），德國劇作家、演員與詩人。大部分劇本都以兩性關係及性愛為題材。

我主要是站在女方立場來說，若是心愛男人要求發生肉體關係，女人該如何才好呢？當然啦！婚前絕不能發生肉體關係，這是極爲普通的想法。但是，男人會被慾望以及微不足道的瞬間衝動所驅使，有時連自己都無法控制。在那種情形下，我知道有個案例，某位男性有個心愛的戀人，每次與她見面，都控制不了肉體的衝動，分開後就急匆匆前往不正經的風月場所找女人。下次和戀人見面，一覺得自己開始衝動了，就又跑到風月場所解決。在女人看來，也許會覺得他背叛了自己。不過，我認爲他的純眞感情是無庸置疑的。男性的生理確實可以做到如此，在那種情形下，爲了保持戀人的純潔，賣春婦便像無人格之物那般登場了。對此，他的戀人會感到嫉妒、感到不潔，身爲女人會有如此感覺或許也是理所當然吧！不過，站在男人的立場，這個行爲卻代表他對戀人的純眞感情，絕非背叛。

我並非指一切都可用這種方法解決。然而，只要世上存在賣春婦，只要注意不染上疾病與其他問題的話，那個男人所採取的方法，可說是種理性的態度。假如他一邊感受戀人純潔的愛，一邊又有肉體的需求，如不去找賣春婦而是和普通女子維持肉體關係的話，在他心中就會分裂成精神的愛情和肉體的愛情，對戀人的愛或許會漸漸淡薄，或漸漸埋首在肉體之愛中。從此角度來思考，去找賣春婦的男人，可說是自行將這種分裂危機巧妙地化解了。就男人的立場而言，處理這些事，還有自慰這種方法。這是百分之九十八的男人都在做的事，而且據說沒有任何害處，不過如果女人發現這檔事，也許還是會覺得很髒吧！女性總是抱著矛盾的心理，就是希望男人將純潔的愛情獻給自己，如果男人自己另行處理了肉體的需求，女人會有一種被背叛的感覺。這就是女性的矛盾心理。

然而，若是男方以包含完全的精神和肉體的愛情直接衝撞自己，女方會耐不住、男方也耐不住，此時就會發生「青春的犯錯」。那種情形之下，女方當然應該拚命守住身體來防禦。年輕女子害怕懷孕，也害怕被男人拋棄。不過，我想說的是，如果只因為害怕懷孕或一些無聊的理由而拒絕男人，哪裡是女人的幸福呢？

譬如：讀過各種小說或什麼的女性，總認為男人一有肉體關係很快就膩了，就不愛自己了。一直深愛的男人，不斷索求身體，且多次約定了要結婚，而一旦發生肉體關係，便揮揮衣袖走人，這樣的故事很常聽到吧！這些案例，在個人諮詢更是屢見不鮮。但是，以這種眼光來看男人，只是片面的想法。真正具有男性氣概的人，就算犯錯也會負起責任，同時對戀人的愛情也會愈來愈深，因為至今無法取得戀人身體允諾的緣故，現實中有一些無法突破的障礙，也許會因此契機使得男人產生突破的勇氣。例如，由於生活問題無法結婚，恰巧以此事件爲契機，激起男人的勇氣、排除萬難，踏上結婚的大道也說不定。我認爲，這樣的男人才是正常、理所當然的男人，對吧？

雖然當男人有所需求時，婚前的拒絕，正是處女的道德之一吧！假設有女性允許了，並就此切割自己的人生，或認定反正發生肉體關係不會分手，於是開始無理指責男方，追究男方責任之類，說不定反而會逼使男人離去。在這點上，也可以測出戀愛中女人的聰明度吧！

在《河孃淚》[2]這部電影裡，某女工和一個看似不良之男人過從甚密，而後發生肉體關係，發生肉體關係後，無知的她不斷向對方逼婚，不斷追求婚姻的美夢。不過，男方還年輕，想保有自由，對於女方一下子說要勝家牌的裁縫機、一下子說要有漂亮廚房，感到非常厭煩，最後終於逃之夭夭。這種情形之下，大家一定都會同情女方，然而就男人的心理而言，假如女方聰明一點，就不會落到破局的下場。

我在第五講裡，想給犯下錯誤的人一點建議，倘若女人因不得已的動機，委身於眞正相愛的人，千萬不要把這件事情看得非常重大。同時，也不要因爲此事而責備男方「一切都是你的錯！」，否則就是女方自己在破壞自己的幸福。既然是自願獻身，無論是男方還是女方，其愛情濃度都會加深吧！對於男人生理上的苦惱，若能寬容看待時，反而會讓他有責任感。假如不斷要求對方負責任、負責任或逼對方結婚，男人就會有想逃的念頭。大抵上，男人都有這種共通的心理。因此，若是已經以身相許，就得捨去一切對身體的感傷想法，爲了心愛的人，愛到極致同時去滿足他之外，還要顯現女人的溫柔給他看，如此還不受感動的男人，就不是人了。假如，對肉體有過度奇怪的偏見，被世俗觀念所影響，女方只會推諉自己的責任，一切的事情全怪罪、指責男方，那麼男方一定會逃得遠遠。

萬一懷孕的話，還會出現各式各樣的問題。現在人工流產已經合法，到處都可以做這種手術。但這種處置方法是否正確呢？實在無法一言以蔽之。然而在考慮做這件事是墮落還是污穢之前，應該以眞正的現實來判斷。因此，以眞正愛情的純粹性來判斷後，如果認爲去做手術比較好，我甚至不認爲人工流產會是一件壞事。

2 《河孃淚》（*La Donna del Fiume*）於一九五五年上映，由蘇菲亞羅蘭主演。

第六講　同性戀

所謂少女歌劇團的粉絲啦，女子學校中的乾姊妹關係啦，男人之間所謂的「稚兒」[1]啦，在日本社會談起這些事，相對比較公開和平靜。粉絲們對少女歌劇團中男角的熱中程度，強烈到令人難以理解，若在歐美國家，這類的事情會被當成變態而排斥，但日本社會對這種思春期的同性戀，則是非常寬大包容。做父母親的大抵上也認同這種情形比異性的戀愛更叫人安心，總認爲，若是女兒熱中男人的話，可能會發生危險，但熱中少女歌劇團中的男角，就比較沒什麼危險。日本男人之間，在九州自古好像就有疼愛美少年的遺風，對異性愛表現比較軟弱，反而認爲同性戀才像武士道中具有男子氣慨的愛情。

不過，我在此想敘述的，並非世間認爲理所當然而能接受的同性戀。因爲就算在日本，這種形式的同性戀也有慢慢走下坡的趨勢。譬如：我經常對少女歌劇團的相關者說，少女歌劇團無疑已經不會再長壽了。自從男女同校開始之後，少女歌劇團存在之理由已經減少一半。更何況，來自九州疼愛美少年的遺風，已被認爲是極爲封建的舊時代產物，宿舍生活解放後，日本高等學校由舊制轉爲新制，這風氣無疑地也開始消失了。我對九州地方不甚清楚，但大都會中學男生的這種現象，比起往昔已經非常少了。社會對於異性交往不再禁止的新時代已經到來，往昔爲社會所公認的那種存古遺風的同性戀，反而漸漸消失。因此，這種行爲已被認爲是老問題而置之不理。現在男女同校的學校裡，還在熱中「乾姐」的少女，大概也會被周遭漸漸發展爲異性戀的朋友當成傻子吧！因此，這些少女也會和其他人一樣，認爲非得去擁有異性的愛情不可。這種虛榮心在男校更加顯著，而且是非常普遍的現象，所以少年時代的男性同性戀，無疑地會因虛榮心而漸漸被異性所吸引。

由此看來，可知所謂同性戀絕不是以近代的形式廣爲流行，而是日本封建時代殘存的想法，殘留其形式於現在社會中。以前我在世界各地旅行時，對美國境內誇張的同性戀流行感到驚訝。這看在一般海外旅行者的眼裡，很難想像到底是如何擴張、生根？隨之，也有各行各業的學者從社會原因來說明這現象，說社會上必定會出現同性戀。那種同性戀的流行，和日本戰前的少女歌劇團或中學裡的美少年趣味迥然不同，甚至可說是一種近乎逆轉的現象。就算一開始就知道社會不認同這種行爲，很多人還是公然與社會背道而行，沉溺在同性戀中。眾所周知的紐約格林威治村（Greenwich Village），這個明日藝術家群聚的地方，說幾乎都是如此也不爲過，男人對著男人情話綿綿、女人對著女人傾訴衷情。

在美國，當然有禁止同性戀的基督教，法律上也有明文禁止的條款，在此夾縫當中，對於同性戀的關心，也深深地在社會有心人士之間擴散。去年還是前年吧，黛博拉・寇兒（Deborah Kerr）主演的音樂劇《茶與同情》[2]大受歡迎，內容好像是一個自認是同性戀而被大家看不起的少年，因女老師黛博拉・寇兒，才意識到眞實女人的愛。戲劇至此結束，但光是那樣的梗概，會讓人以爲是同性戀帶來的少年悲劇，其實作者想傳達的並不在此，我認爲，他想讓同性戀社會常識化，在社會常識化的基礎上，暗中傳達出同性戀者苦惱、反抗的心理，才是那部戲劇的意旨。另外，田納西・威廉斯[3]的戲劇，經常有同性戀問題出現。《慾望街車》中，布蘭琪這位女性，提起自己爲何會飄零淪落，落魄至如此難堪境地時說，原來她年輕時，有一位深愛的英俊未婚夫，卻因他有一位年長的同性戀人，導致兩人決裂，他對她說自己有一位男戀人後自殺身亡。從此以後，布蘭琪開始墮落。

以上所舉是美國的例子，我是以較容易懂的電影和戲劇爲例，不過在文學，特別是戰後文學中，也出現很多同性戀的課題，而日本尚未把它當成重要問題來思考，只當成一種滑稽、有趣的題材，也就是所謂M＋W時代[4]等茶餘飯後之話題。但是，我認爲十年、二十年後，會成爲日本的重大社會問題。這個問題漸漸會被教育者察覺，社會評論家也會察覺，各種各樣的研究都會出爐，成爲一種文明病重大問題的徵兆。

一次世界大戰後，德國對這問題非常重視，德國的刑法明文禁止同性戀，這個禁令相當不人道，訴求要廢止這條法律的運動蓬勃發展。不過，這條法律尚未廢止[5]。總之，我認爲歐美各國，根本上是以基督教的思想來反彈此事。然後，再說

---

2 《茶與同情》（*Tea and Sympathy*），電影於一九五六年上映，由Vincente Minnelli執導，描述一名高中男生因不具一般男子氣概，在學校與家庭遭遇霸凌，並與房東太太發生微妙的戀情。

3 田納西・威廉斯（Tennessee Williams 1911-1983），美國寫實主義劇作家，一九四五年以《玻璃動物園》在百老匯一炮而紅。

4 當時的流行語，指男性（Man）偏女性化、女性（Woman）偏男性化。

5 根據德國刑法第一七五條，同性戀為違法行為。此法律在一九六九年、一九七三年得到修改，於一九九四年遭廢除。

一些對道德有所妨礙等等，其實沒什麼大不了的理由。對此事的厭惡，正如同對猶太人的那種沒來由的厭惡，也沒什麼大不了的根據。只是基督教長期以來，建構出來那種厭惡感，並想方設法要擴展到整個社會，才會出現在法律以及社會所禁止的習慣上。明治以前，日本社會對同性戀並不太有偏見。元祿時代的西鶴[6]寫了不少有關同性戀的小說，如同異性戀一樣以極為普通之形態並行。我認為，日本社會之所以開始對同性戀有偏見，是明治以降受清教徒影響所致。

在此，我並不想以「當我們面對這件事時應該持何種態度？」或「應該如何防止？」為課題來申述。我只想對你們當中，對於同性戀特別關心的人說一些話。

同性戀者們有一種特徵，就是自己想從社會中逃出來。認為自己好像異民族，試圖透過集團來反抗。這倒也不是強而有力的反抗，而是躲在暗處反抗，來守護自己的慾望。有關同性戀的原因，許多學者都提出各種學說，但真正的原因仍不清楚。目前，依佛洛依德的看法，是屬於後天性、心理性的因素。換言之，並無所謂天生的同性戀。其結論，就是佛洛依德所說的心理性及各種各樣錯綜複雜的因素所產生的疾病，有此原因，再加上快感，並習慣性地開始追求快感，漸漸愈陷愈深。然而同性戀者卻認為這是自己的宿命，企圖營造只有自己的小小王國，期盼那個王國漸漸在大地上擴展出去。在美國，同性戀者宛如共產黨的地下運動般往下扎根。我想就如同《明星》雜誌[7]讀者般處於思春期、因受到誘惑而陷入同性戀，以及因自己的慾望而陷入同性戀的兩種情況分別來敘述。

首先就受誘惑而陷入同性戀的族群，戰後的日本，很多同性戀是如此形成的。許多十來歲少年，受到美國占領軍的教導而成爲同性戀。這難道不是戰後同性戀驟增的最大原因嗎？因此養成同性戀習慣的少年，又再傳播給其他人。原本是被疼愛的立場，轉而爲疼愛人。如此一來，同性戀漸漸就增多了。雖然現在美國駐軍，比起以往少很多，因此無法隨心採取行動，誘惑的危險好像也少了，不過此時，若是同性戀者在日本人之間又增加的話，結果還是一樣。假如你或妳受到同性戀者的誘惑，又該如何呢？女性可能在裁縫店上班，受到老闆娘的誘惑；男性可能受到上班地點的男人或偶然相識的朋友誘惑。我從許多人那裡聽到這樣的情形。這些案例都可以看到一個共通點，就是從親近、氣味相投的同性開始的。對異性抱著某種恐懼

6 井原西鶴（1642-1693），著有《好色一代男》等，真實表現浮世世態和人間愛慾，從而促使日本町人文學的誕生。

7 明星雜誌（Myojo 1952-），集英社發行的偶像雜誌。

時，因為對和同性之間的相處感到輕鬆，就較輕易進入那種關係。無論是男是女、肉體上或精神上，最清楚的不是異性，當然是自己，換言之也就是同性，才能夠以無微不至的方式來愛對方。沒有經驗的男女一碰到這種誘惑，就算曾經和異性相愛過，但因為曾經抓不住對方的心，或是遇到對方態度不明，若換做同性的話，對方完全地理解自己，在肉體上更是如此。於是很多人因此就漸漸深陷其中了。

沙特[8]的小說《一個工廠主的童年》裡有個悲慘故事，講到有一個被誘惑的少年，只因有過一次同性戀的經驗，就覺得自己的身體非常骯髒。其實，就那麼一次也不會成為那種人，就算染上那樣的習慣，也不因此就支配整個人生，假如被誘惑了，只有留心不要沉溺外別無他法，無論如何，不要忘記同性戀之外還有寬廣的世界，這是非常重要的。年輕時被誘惑的少女少男，往往認為那就是全世界，若是沒忘記還有更寬廣的世界的話，一定還能再次走回那個寬廣的世界。這樣看來，我好像沒有提供任何解決之道，不過所謂同性戀完全是心理因素，只能以自己的心理去解決。無法解決此事之人，也無法解決其他任何事情，再沒有比同性戀更能證明此說法的例子了！

其次，本身就有同性戀欲求的人，據說好像是在孩童時自然而然形成的習慣，不知不覺中，自己對同性對象就出現需求。經常在報端的「諮詢專欄」可以見到，那些一流的醫師冷靜地說：「你已墜入惡魔道，若不從此惡魔之道脫離的話，將導致身敗名裂，你一定得盡速脫離！」這只能說是令人噴飯的言論。

正因爲當事人深感非得脫離惡魔道，才會來找諮詢專欄；對此，卻告訴當事人你已墜入惡魔道、一定得盡速脫離！這怎該是諮詢專欄的答覆呢？曾經有自慰者，也得到同樣的答覆。自慰的相關事宜去找諮詢，竟然說你已經踏進惡魔道，若是如此繼續下去，頭腦會變壞、變得無法專心讀書、考不上學校、人生陷入萬劫不復。因爲這種答覆而自殺的青少年，不知凡幾？時至今日，自慰無害幾乎已成定論，現在應該沒有那種無法戒掉自慰而自殺的傻子吧！而像我們這些人，雖然常自慰，但學校成績還是愈來愈好，所以說根本是毫無關聯。

同樣地，因爲同性戀的研究在日本尚未發展，學者也未提出定論，所以就把它當成以前的自慰來處理，說什麼你沉淪在惡魔深淵要趕快脫離等等，回以無意義、非科學性的答覆。我的想法是，若是對同性戀有欲求的青少年，開始時就依自己所

8 沙特（Jean-Paul Sartre 1905-1980），法國思想家、作家，存在主義哲學大師，著有《存在與虛無》。

思所想前進吧！人類的慾望不是想壓抑就能壓抑得住，就順著自己的慾望走吧！迎面衝擊後，失敗或成功都好。若是一個認眞的年輕人，在追求自己的慾望當中，可想而知，將會遭遇到難以言喻的孤獨、也會碰撞到莫名的銅牆鐵壁。爲什麼呢？因爲現代的社會不像古希臘般，承認同性戀者所結合的夫妻關係。在滿足慾望的幸福當中，其實比起肉體慾望的滿足，人類更希望自己的慾望被社會所認同，這種被認同的喜悅俯拾即是，但大眾卻連一個機會都不給同性戀者。因此，同性戀自然會認爲遲早自己得從中脫離，無法脫離的人，只能說前景不太看好啊。

先去追求自己的慾望、突破那個慾望後，抱著原來自己的人生曾經歷過同性戀的開朗心情，再次客觀地審視自己。若是沒有這樣的餘力，無論找什麼醫師建議什麼話，都是徒然無功。現在一般人所謂難以根治、不治之症的精神病中，最難醫治的就是同性戀。爲什麼呢？據說因爲伴隨著快感，所以難以醫治。除此之外，也有些人認爲，若是女性能夠一直以身爲女性爲傲、男性能夠一直以身爲男性爲傲的話，就絕不會被歪曲，也不會沉淪到同性戀的底層。我認爲，在那之後，自己原本引以爲傲的性別，自然會把他拉回來！雖然我這些提議也許非常不道德也不科學，至少，總比前述諮詢專欄的醫師答覆更實際些吧！

第七講　嫉妒心

因嫉妒而發生的殺人事件，幾乎每天都充斥在報紙的社會版面。男人因憤怒女人的移情而殺死女方、妻子因憤怒丈夫的別戀而殺死丈夫等等，縱使嚴重性不到殺人，也會以種種的手段讓對方痛苦不堪。那些也都是新聞素材的來源。尤其最近震驚社會的，莫過於妻子控訴法官丈夫一事。妻子控訴丈夫是個不道德之男、沒資格當法官，不過依據不少評論家的分析，這未必是妻子的正義感，可能由於丈夫拈花惹草，激起妻子的嫉妒心才會如此控訴丈夫，其中也不無欲以丈夫姦情而抹煞其公領域專業之動機吧！

嫉妒心不見得男人或女人的那一方就比較強烈，如同名歌劇《卡門》故事般，名喚荷西[1]的男子就是過於嫉妒而殺死卡門。但是，嫉妒心不只限於男女愛慾。女

1 歌劇《卡門》中的男主角，因愛上卡門拋棄青梅竹馬的女友，在卡門移情別戀後殺害卡門，最後被處死。

學生裡，不被老師疼愛的學生也會對被疼愛的學生非常嫉妒。學齡前的小孩，母親太寵愛其中一個孩子，也會引起其他孩子的嫉妒。人自出生後到長大成人老去，一直都與嫉妒脫不了關係。嫉妒的最大原因，大抵來自對自己沒自信，也因嫉妒更加沒自信，如此反覆循環，最終總有一天會讓自己捲入傷害事件、殺人事件或其他的恐怖事件。

在此，我想來談一談愛和嫉妒，這兩者果眞那麼難以分開嗎？有關小學生的嫉妒和小嬰兒的嫉妒暫且按下，我想談的是，青年期男女之間的嫉妒。戀愛如眾所周知，就是環繞在負人、被負；勝利、失敗的關係。所謂戀愛的敗北者和戀愛的勝利者，總是有無法躲避的各自角色。譬如：初戀時能夠得到對方的心就是戀愛的勝利者，無法得到對方的心就是戀愛的敗北者。這將會產生怎樣的悲喜劇？我在前幾回的講座中已經多次提及了。

然而，也有人總是站在勝利的一方。也就是所謂萬年勝利者。他或她無論在何種情況下，總能勝出絕不吃敗戰。如此的女性或男性，一般來說都具有極大的魅力，得天獨厚的因素，加上漸漸累積的戀愛經驗，造就他或她成爲常勝軍。這就是一直能夠勝出的原因。話說回來，勝利者的特徵就是不嫉妒，嫉妒必定是從失敗者瞬間的情緒所產生。

在此舉個例子吧！他和她相愛，他和其他女人正在親密交談的情景，不巧被她看到了。此時，她若是覺得嫉妒，那就已經輸了。若不覺得嫉妒，她就贏了。我如此簡單地切割，大家無疑地會覺得奇怪。若是她不覺得嫉妒，不就表示不愛他嗎？若是愛他的話，看到這種情景不是應該會感到嫉妒嗎？無疑地大家都會如此思考。所謂「愛和嫉妒」，就是在我們的腦海中如此結合，我們的內心似乎只能以失敗的立場來思考愛情。事實上，世間也有許多例子可資證明。不過，我認爲所謂愛，未必只能以嫉妒來表現、以弱者來表現、以自己是敗者來表現，最重要的是，絕不可抱持著毫無自信的絕望式思考。

縱使我們的愛情有一點嫉妒的陰影，也要用力揮開，帶著自信更加鞏固和對方的愛情。前例女子絲毫不覺得嫉妒，並不是不愛對方，也許因爲愛情讓她感到安心吧！因此所謂嫉妒，最直接了當的表現可以「不安心的愛」來定義吧！何時會逃走呢？何時會離自己而去呢？若沒有這些不安的話，就不會有嫉妒的情緒。

普魯斯特，有一本長篇小說《追憶似水年華》。書中有一位名喚阿爾貝蒂娜的美女，主角的「我」相當迷戀她，可是她卻是一個曖昧模糊、難以捉摸的女人，總是露出令人不知是否眞實的表情。使得主角在愛她的同時也感到不安，最後只有在凝視睡夢中的她才會感到安心。因爲只有在她睡著時，他才能感受到她這個人是屬於他的。事實上，普魯斯特這段對睡夢中女子的描寫，有如在高聲歌詠，那知名的美麗事物因爲愛而歸屬自己的那種安心感。

但是，和睡覺最相似的莫過於死亡，再沒有比死者更像在睡覺了。因此，在不安的驅使下，唯有女子在睡著時，他才能感受到那對方是屬於他的，因此他無法否認「只有當她在那裡死去，才能眞正安心地屬於自己所有」的恐怖想法會突然浮現。荷西在看著死去的卡門，也是同樣的道理。卡門就像哈巴奈拉舞曲[2]中如男人般隨心所欲的女人，任誰都無法束縛她的自由。卡門不斷移情別戀，她瞬間愛上一個男人，但瞬間又拋棄那個男人。荷西覺得要卡門眞正屬於自己，唯有以自己的刀刃刺死她，讓她倒臥在自己的眼前。

至此我所說的，都是嫉妒就是愛的表現，不過說得更深一點，我認爲忌妒其實是「愛這件事是不可能的表現」。爲什麼呢？我們不可能那般簡單就把他人變成自己的東西。無論如何親密的夫婦，從早到晚面對面一起生活，總還是得設法賺取生活費吧！所以丈夫出外工作，妻子留在家中，若是丈夫晚歸，無論如何深愛丈夫，妻子也得苦苦等待丈夫歸來。就此而言，人生好像很殘酷，到底，人還是以個體孤獨地活著。因此，縱使因愛情而擁有對方，我們也無法簡單地眞正擁有對方。只有對方在睡覺、對方死亡時，才辦得到。要完全掌握對方的自由，只有殺死對方或讓對方睡覺才有可能。假如做不到，我們就一直爲心中的不安所苦。

我認爲，也是因此才有結婚制度的產生。結婚的意義，就是讓相愛的兩個人有一種相互擁有的安心感。就此而言，人類發明了一個非常好的制度。事實上，是否能夠眞正相互擁有呢？實在令人疑惑。某一瞬間，身爲人夫無論有一個多麼相愛的妻子，也會偶有其他女人浮現心頭吧！身爲人妻無論有一個多麼相愛的丈夫，看電影時，在那一小時半內，也有可能對電影中的演員產生愛意。嚴格說來，此時的丈夫或妻子非相互擁有，這也是身而爲人莫可奈何之事。

不過，我並不認爲嫉妒是莫可奈何之事。無論好或壞都希望全部擁有。她的肉體、精神、自由及生活的一切，希望全部屬於自己。她對其他事物表示關心，就會

2 歌劇《卡門》經典的詠嘆調。劇中卡門在追求者的簇擁中邊舞邊唱出哈巴奈拉舞曲，陳述自己的愛情觀。

覺得不舒服。由此產生的瘋狂嫉妒，只要稍不小心就會發展爲流血事件。對自己是否能眞正擁有對方的不安，以及一種反正我就是辦不到的信心喪失，整個人被這些卑劣感所占據，也因嫉妒使得卑劣感更加強烈，這種痛苦猶如機器一發動就不會停止運行，除非在中途被阻斷，否則機器會一直前進。嫉妒的痛苦，如同沒患過盲腸炎的人，就不知道盲腸炎的痛苦；沒有牙疼過的人，就不會懂得牙疼的痛苦。因此，若沒有親自咀嚼一次的話，絕不會明白嫉妒的痛苦。

這種近乎精神病的神經官能症，經常出現在精神病書籍的案例般，某個丈夫竟然能夠列舉出自己的妻子和別的男人相愛的二十個、甚至三十個證據，並且以通姦罪提出控訴。那個丈夫的訴願，乍看之下好像很有道理，其實全部都是幻想，譬如：當你叫那男人的名字時，她立刻把臉轉過去、視線瞥開。無疑地那就表示她對丈夫感到內疚。類似的例子就可以隨便舉出三十個來，實際的情形也許她忽然想起別的事，根本就是毫不在意把視線撇開吧！諸如這種心理性的證據，隨便都可以舉出一大堆反證來。雖然丈夫所看到的全部是幻覺，但漸漸會變得好似具有現實感，宛如現實中的事實般映入他的眼底。這就像我們小說家在寫小說般的效果，巴爾扎克（Honoré de Balzac）這位小說家，病篤臥床呻吟之時，呼喊某位醫師的名字，要家人去請那位醫師來。然而，那位醫師原來是巴爾扎克小說裡的虛構人物，並不是現實中的醫師。如同小說家創造出一個小說世界，卻無法和現實區分般，嫉妒的人漸漸也會編出一部小說，且無法辨別何爲眞實。

最近有一部電影《野宴》，劇中女主角金露華（Kim Novak）的未婚夫艾倫，也就是由威廉荷頓（William Holden）飾演的男子，費盡心力才擄獲她，相當激情，也很善嫉。其實，這位未婚夫原本是一位無可挑剔的好青年、富家子弟，非常理性、待人和善，對自己的未婚妻也很溫柔、體貼，自是無可挑剔的好男人，只因突如其來的嫉妒心，做出可怕的事情。總之，他不僅怒罵多年老友霍爾不知感恩，明明霍爾是向他借車，他卻到警察局報案車子被竊。以致霍爾被警察逮捕，還被冠上偷車賊的罪名。這是最近觀賞的電影，片中男人表現出最醜陋的嫉妒，大家應該還是記憶猶新吧！

換言之，儘管平常是彬彬有禮的紳士、或非常理性具有男子氣概的人，荒唐之時，也有可能做出可怕之事。所以，雖說嫉妒是一種女性化的情感，但他在把偷車賊的罪名烙印在朋友身上，或許也可以說是一種不良版的女性化舉止吧！如此的心機和嫉妒心把人格扭曲了，也把人的理性給抹煞了，極爲理性的人也就成爲感情的俘虜，結果弄得身敗名裂，這難堪的行為將一直追著他。當然啦！他是一個值得同情的人，這部電影並未把他描述成一名壞蛋。然而，人只要有自信，待人處事就會寬容，高貴的人自信心一旦開始動搖，就難以預測到底會出現什麼舉動。這個主題，電影《野宴》詮釋得非常好。

因此，我在前面提及，戀愛的勝利者不知嫉妒為何物，我想告訴大家，有時候，在某種情況下，嫉妒甚至會將對方的愛毀滅。以前的俗話說，吃醋最好恰到好處，稍稍加一點醋就可以，嫉妒心太重而溢於言表，會讓對方感到恐懼而厭惡。因為戀愛的勝利者深明這個道理，雖然說不嫉妒，有時縱使嫉妒心油然而起，也會巧妙地壓抑。因為他或她非常有自信，比起摧毀自己的信心，這種程度的嫉妒根本無須忍受。到底何者為重要呢？若是失去自我的話，何止會做出荒唐的事，也會讓對方感到厭惡。然而，只要對嫉妒稍加壓抑，不但可以回復自我，也不會引起對方的反感。說難聽些，也是一種能夠將他或她救回的算計吧！

雖然我嘮嘮叨叨詳述嫉妒一事，當然啦，人類的愛情愈強烈，獨占慾就愈強，也因此和嫉妒扯上關係，但是如果認為嫉妒就是愛情、沒有嫉妒愛情就不成立，若有這種迂腐觀念，還是早點丟棄比較好吧！特別是女性的立場，有種歪理認為我就是愛你才會那麼愛吃醋，所以你也應該如此回報。實際上，沒有一個男人不對這個歪理感到厭煩。

心生嫉妒的人，大抵都會變得盲目，非常憎惡對方，口出穢言，其根底當然是因為愛，才會口吐那些惡言。不過，所謂表現如同爭吵，然後針鋒相對，終至大吵一架。問題是此時心生嫉妒之人，總是自信滿滿地高舉正義之旗，也就是高舉大旗大聲高喊：「我才是對的！」不是嗎？假如當你的嫉妒心快要發作時，難道沒必要稍微反省一下，自己是否眞的站在正確的一方？若是認為自己之所以心生嫉妒是因為太愛對方，自己的做法是正確的。因此，對方應該對自己的愛要有所回報。若無所回報，就是對方不忠實、是對方的錯。任誰看來，都會認為我是對的，對方是錯的。當有了這樣的藉口，愛情只會逐漸掉入陰暗的角落。所以當自己感覺到嫉妒這種情緒時，一定得趕快反省。然後檢視一下自己的內心，是否讓自己和對方受了這種苦呢？還有自己是否誇大其事呢？看到的是否為幻影呢？若能如此反省，我認為才是眞正的愛情。

我尊重熱情的同時，也尊重理性。因為美麗的愛情，終究得把熱情和理性相互折中，不能光有滿腔熱情就認定自己正確，指責對方是錯誤的。嫉妒最恐怖之處，無疑就是控制不了自己、光會指責對方，被發現後，又想用別的方法來更正、叱喝對方的缺點。例如，當她對他說：「今天你和一位漂亮的小姐在說話喔。非常快樂，對不對？」她發現如此捉弄反而會增加他的自信，是自己的損失。此時，他因爲感覺她漠不關心，因此稍有些不安，若是他說出：「今天，我和那個小姐說話，妳怎麼絲毫不吃醋呢？」而露出有些落寞的神情，如果這時她說：「雖然感到有些吃味，但是我五分鐘就忘記了。」他應該會覺得她很可愛吧。

我想對那些非病入膏肓、只是輕度的嫉妒者提出建言。嫉妒就好像感冒及所有的病一樣，趕快趁著不嚴重時醫治，才不會陷入危篤狀態。

第八講　同情與愛情

「你的愛情，若是同情的話，我不要。」經常聽到女人這麼說。愛情是相互給予之物，一般都強烈認爲，愛情不能像大發慈悲丟錢給乞丐那般施捨。而且認爲眞正的愛情和同情是不相容的，甚至認爲同情會玷汙愛情。不過，事實並非如此，無論是男是女，迫使對方同情後，由同情轉爲愛情的例子比比皆是。拜倫男爵[1]因爲是跛子無法跳舞，總是臉色蒼白，站立在靠舞池的牆壁。眾所周知，這位拜倫男爵非常有女人緣。女人當然是被拜倫男爵的帥勁、自信及惡魔氛圍所吸引，在這同時，也因爲拜倫男爵是跛子，不知從中獲得多少便宜？總之，對女人而言，擁有迷倒自己魅力的人，同時又可激起自己同情的話就更具有吸引力。有些男人就會如此抓住女人的弱點，露出一副博取女人同情的神情，就能夠巧妙地擄獲愛情。

1　拜倫男爵（George Gordon Byron 1788-1824），著名英國詩人，也是英國浪漫主義的先驅。由於拜倫先天性的跛足，和他母親性情乖戾、喜怒無常，造成他孤僻和憂鬱的性格。

電影明星蒙哥馬利克里夫[2]，讓人感覺他非常孤獨，駝著背、看著地上，一副睡眼惺忪的模樣。這是最容易引發女人的同情心，特別是對於母愛型的女性來說，眞是魅力無敵。不過，所謂異性的同情也是很殘酷的，和丟錢給髒兮兮的乞丐不同。首先得感受到對方的魅力，同情才會更加強烈。因此，拜倫男爵的魅力混合同情，如同紅豆湯內加點鹽巴會更甘甜般，更能吸引異性的心。

戀愛並不完全以健康的身體、高尚的人格、無缺點的人品來評估。其結果，愛上對方的缺點，才是戀愛的一般法則，那個缺點乃至弱點，在某些情況下竟成爲引人同情的因素。對於百分之一百完美的人，只會引起大家的反感，愛情反而會被抹煞。我們疼愛小貓小狗，也是因爲牠們體型小，比我們弱小的緣故。特別是引發同情的契機，相對於男人同情女人後轉爲愛情，女人同情男人後轉爲愛情的例子倒還比較多，我將仔細來說明這件事。本質上，男人比較強壯，不該被同情，對女人而言，是具有優越性的存在，若是有所謂的弱點，對女人來說是最好的切入點，而且也是自己灌注愛情的一個立腳處。因此，在戰時有女人覺得美國俘虜很可憐，曾經引發問題，被稱爲非國民，戰爭一結束，那些被說可憐的俘虜，以美軍的姿態在日本街道昂首闊步，女人也爭相撲上去。

小孩子很喜歡玩扮醫生的家家酒。很多學者認爲，從扮醫生的家家酒中，可以發現小孩子性慾的萌芽，男孩扮演醫生，對患者的女體感興趣。不過扮演患者的女孩，對當醫生的興趣還不如當照顧病患的護士來得大。這種現象縱使長大成人也會出現，女性都很想當護士。扮演護士的夢想，也塑造出女性戀愛的一種類型。

最近觀賞過電影《暴雨情緣》[3]的人，一定也從劇中少女硬要和年長的男人談戀愛的故事，看出了箇中原因。那男人是一個離群索居的建築工程師，戰時直到進入空軍都是理想主義者，遭逢戰爭的幻滅後，就離開人群躲在印度的窮鄉僻壤，飲酒度日。男觀眾必定認爲這男人根本不值得同情，甚至可說是不切實際、矯情做作，少女卻認爲他該被同情。還自己想像，對方會變成這樣必定是失戀所致，這個孤獨酗酒度日的男人，必定想追求一段可靠的愛情吧！憑著自己的各式各樣幻想，硬要把對方塑造成一個值得同情的人，這都是因爲她想成爲護士。畢竟是電影嘛！這計畫非常成功，她果眞成爲護士，他成爲病患，戀愛關係成立，不久因護士的細

2 蒙哥馬利克里夫（Montgomery Clift 1920-1966），好萊塢演技派男星，與伊麗莎白泰勒在《郎心如鐵》中的演出，曾被讚嘆是「電影史上最美的一對！」

3 《暴雨情緣》（*The Rains of Ranchipur*），一九五五年上映，由美國四〇年代性感女星拉娜透納主演。

心照顧，他的孤獨病痊癒了，兩人結爲美眷。但相對地，他一輩子都像被她施恩般，因爲她說：「治好你的人，是我耶！」

同情起因於種種的動機。不明來由的孤獨、生病、家庭不幸、貧窮、年老或對方太沒自信心等等，都可以成爲原因。有一次我去沙龍時，正在猜想那個出來接待的可愛少女會開口說什麼話呢？沒想到竟然是：「我的心臟、胃、肝臟和腎臟都不好耶。」看起來不像有病，卻五臟壞了四臟的她，應該不能如此工作吧！正在飲酒作樂的我們，頓時陷入沉默，這眞是一個掃興的經驗。不知她到底是何種心態？也許對我們有戒心、討厭我們，才羅列些不實在的病；或是本能想引起大家同情，但不想讓人覺得她因貧不得已到沙龍上班而另找被同情的理由？總之，說自己五臟壞了四臟，要惹人同情實在是夠了。

藉此擁有同情的女人，有時計謀得逞，有時卻鎩羽而歸。某位名人的太太，爲了抗議丈夫拈花惹草自殺未遂。之後，她丈夫說：「曾經企圖自殺的女人，無論再怎麼可憐，我也無法再愛她了。」實際上，自殺既是自暴自棄，也是一種傳達「同情我吧！」的強烈要求。但是，被要求的男人通常會退縮、畏懼，再也無法以寬厚之心來愛對方。感情走到這種地步，通常只有以破局收場。

戀愛時，引發對方的同情要有所效果，才是根本法則。首先，就是對方得感受到自己所散發的魅力。沒有感受到魅力的同情，不會有下一步。混雜著魅力，同情才具有愛的價値。若是自己的觀測錯誤，在對方不覺得有魅力之處出手的話，只會讓對方愈來愈不愛自己了。

世間上，在療養院同樣罹患結核病的重症病患的戀愛啦，因同情被丈夫虐待的人妻而戀愛的青年啦，諸如此類的例子不勝枚舉。另外，長期住院的女性，好像通常都會感覺和自己的主治醫師有種精神戀愛。換言之，讓人同情和同情人，簡直像在暗示愛情。醫師和患者之間，也許醫師只是站在醫師的立場做該做的事，患者卻因爲自己是弱者，將依賴對方的感情，漸漸轉化爲愛情，醫師不具任何意義的舉動，也會視爲是對自己罹病的同情，而形塑爲愛情。還有被丈夫虐待的人妻，也會誇大自己被虐待的情況，以此博取第三者的同情，也可能因此成就另一段愛情。另外，同爲結核病患之間，同情宛如起了平等作用，相互同情一起等死的情形，也所在多有。

人類有各式各樣的特徵，有些人就是很容易引人同情。前面提到的蒙哥馬利克里夫，以及最近才過世的詹姆斯狄恩等，都是最佳例子。讓人從外表就能引發同情，也算魅力獨具，眞是好處多多。也有看似活力旺盛、健康活潑，實際上卻是貧窮、家庭不幸的人；也有絲毫不願讓外人看到自己的不幸，堂而皇之走自己人生道路的人，這種人就欠缺被女性同情的特徵。然而，同情並非單純從外觀而滋生，也有些人雖然身處不幸，卻能勇敢堅強，因而引發別人對其勇氣的共鳴，或被其勵志所感動。不過，嚴格說來這不能說是同情。

年輕女子要小心的，就是該知道有種男人非常清楚以上的法則。某種唐璜型浪蕩子，不以自己的魅力去追求女性，總愛表現出自己需要同情的模樣。不斷訴說自己是弱者、可憐之人，自己如何被其他女人所拋棄，並以這種方法在情場屢有所獲。總之，這種人和一般登徒子恰好相反，一般登徒子喜歡以萬人迷的勝利者姿態出現，讓女性之間產生競爭，爭相對他示愛，而這種反其道而行的登徒子，則是以被拋棄的落魄形象，激發女性的母性愛。因爲女人碰到這種男人，就會有種想拉他一把、成就他風光的衝動。以此爲目的，表現出一副懷才不遇模樣的男子比比皆是。支援懷才不遇的才子，對女人而言可說是至高無上的光彩，因此，才會有被這種男人吸引、欺騙的危險。

有些男人無論在繪畫、文學還是音樂，總是表現出天才姿態的嚴肅神情，因爲懷才不遇而擺出孤獨落寞神色，女人如果碰到這種男人千萬要小心！這種男人大半是冒牌天才，沒有什麼才華才會誇大自己如何懷才不遇，以引起女人的同情。也有些人，把世人讀不懂自己的小說、聽不懂自己的音樂、看不懂自己的繪畫等，當成天才的證據。事實卻未必如此，百年之後被認定的才華，其實遠不如活著時就被認可的才華啊！

然而，無論是同情人或被同情，都是一種才能，誰都模仿不來。以我為例，被人同情比死還討厭，同情人家則是第二討厭的。我是那種在紅羽毛[4]季節從不戴紅羽毛，還引以為傲的讓人束手無策的男人。除此之外，我最喜歡故意從義賣紅羽毛女學生的面前走過去，曾經被人從後方大罵：「吝嗇鬼！」不過世間人總愛把我想成一個非常孤獨、有神經症的人，曾有女讀者寫了一封信同情我的不幸。比死更討厭被同情的我，當然立刻把那封信丟進垃圾筒。因此，我必須附帶說明，這一回的「同情與愛情」完全沒有我的經驗。

報紙上經常出現「高中女生同情考試落榜、被父親責罵的高中男生，而共赴黃

4 日本民間發起的一種共同勸募的社會福祉活動。

泉」的報導。所謂因同情而一起殉情，根本毫無淒美可言。同情這種情感容易流於眼前的的盲從，實際上對當事人並無太大助益。與其一起殉情，還不如狠狠打他幾下屁股激勵他：「怎麼啦？男子漢大丈夫，怎能這般意志消沉？」這才是眞正的愛情。隨著對人生的理解愈加深入，會愈越懂得，一個人並不是那麼容易能助人或救人。

不過，當我們察覺此事，談戀愛也變得更困難了，因爲同情而一起哭泣，也許才是最容易墜入情網的階段吧！就我的觀察，女性最令人束手無策的，就是容易同情他人或希望被同情，總是傾向兩者擇一。不過，也正因爲如此，才得以展現女性的愛的才華。

第九講　性愛學校

大家所以為的自己的性慾，其實是非常曖昧的。農漁村的青少年、靠近都會的農漁村另當別論，離都會越遠，越能在性刺激少的環境下生活。如此情況下，人的性慾會明顯以單純的形態出現，那種帶著輕微焦慮、被釐清的、無法控制的複雜性慾倒很少見。但是，都會的青少年受到了大量性刺激，幾乎都會罹患一種性過敏。很多時候，乍看之下體格纖弱的都會年輕人，比起農漁村體格健壯、體力充沛的青少年，性慾更強、滿腦子想的盡是性慾之事。這絕對無關性慾強弱，只因受到電影、脫衣秀、情色小說、黃色雜誌及周遭其他五光十色所刺激，變得非常敏感。

不過，就另一方面來說，正如同從鄉下到東京，因沒有免疫力使結核菌素反應轉為陽性而容易罹患結核病般，鄉下來的年輕人也容易因受到性刺激而墮落，都會的年輕人，則因受各式各樣的性刺激變得麻痺、遲鈍者所在多有。因而就這點來說，所謂性慾，應該同時存在於過度敏感的族群和感覺麻痺的族群中。

因爲我是在都會長大的人，我只對於敘述都會年輕人有信心。由性刺激產生的性過敏，還有因此引發的期待，即所謂的桃色期待，光是刺激頭腦和神經，空想和幻想就會漸漸膨脹，這種期待，多半會越來越龐大，甚至會讓現實人生失去平衡。因此，我在這裡所說的性慾，毋寧說是頭腦和神經的問題。

雖然，在「戀愛講座」提起這種問題實在煞風景，但是到目前爲止，我所敘述的各種戀愛心理已到最後階段，若結合了性，年輕人大抵上以失敗告終居多。雖然在都會中並沒有明確的統計數字，不過無論男女，許多人都曾遭遇嚴重的性幻滅。這是因爲在我們中學時，對於性行爲有多麼美好、快樂、有趣等有過度空想的結果，大家的最初體驗，幾乎都有種被沮喪、絕望和無趣所擊倒的心情。我所看到的，也是這種案例居多。

縱使現代年輕人處於對性問題非常開放的時代，但我認爲，本質上還是沒改變。爲什麼呢？無論如何性解放，性問題並不是肉體而已，因爲有關人類的知識或社會的知識對性問題都有很大的助益，若沒有這些相關知識的幫助，而想讓性問題圓滿解決，對現代人而言是頗爲困難的。

特別是男人，對於性這檔事抱持著不可思議的虛榮心。這種打從少年期就開始萌芽的虛榮心，認爲自己一切都比人強的同時，也會認爲自己在性方面是個勝利者。然而，一旦自己感到所嘗試的經驗是無趣的話，虛榮心就會受挫，因爲沒有反省自己的餘力，不滿轉爲遷怒，開始陷入各種荒唐的性事中。年輕時就陷入一團亂的性生活之人，許多會步上世人所謂的不良、墮落之途。

對年輕人而言，想必很懊惱吧！但是真正的性圓熟及愉悅，不到長大成人是無法體會的。人類的動物性，大概從十來歲的青春期開始，性生理應該就成熟了，可是人類的生活卻不能像動物般，就算人類的性生活最具動物性，卻仍然受文化影響，並非只有動物性就能成事。爲什麼呢？少年人對於性既有一種嚴重的過敏症，又是一個空想家，同時女性也是一種性空想家，還有，會對性愛的刺激終至麻痺的狀態。這些都會青年男女、少年男女之間的性交際，彼此都對對方有過高的期待，結果落得一場空。這就是爲什麼我們常聽到女生容易被中年男性所吸引，而男生則容易被比自己年長的熟女所吸引的道理。如此一來，除了對方的成熟可以補足自己的青澀外，眞正原因還是在於同輩間得不到性的歡愉吧！

經常聽到少女說這類的話——我對異性間的友情感到絕望，爲何和異性無法成爲好朋友？男人爲何總是想那些可憎的事？如此動物性呢？縱使她的周圍有非常合適的男性友人，她依然對友情感到失望。對於同性女子的友情也是感到不滿。因此她愈來愈孤獨，每天發牢騷過日子。我自己就認識這樣的少女。但是，仔細觀察就會發現，所謂無法和異性保持友情的她，未必眞把異性當成眞正的朋友看待。其實，她對於同年齡層的男生，總愛施展出媚態。她喜歡看到他們因自己的魅力而窘迫不堪，卻又絕對不允許對方在自己的肉體上想入非非，對他們的要求只有精神上的友情。這也是現代少女性格上的一個特徵。

探究其原因，因爲她們不具備僅以精神來吸引男性的自信。而且，她們也不具備保持眞正友情的精神交流的自信，因此，才會想施展肉體的魅力。如此一來，對她的男性友人而言，她的肉體魅力更勝於精神魅力，終至感到窘迫而造成大事件。看到這種情形，她頓時感到絕望，悲傷地說：「爲什麼和異性之間不能有友情呢？」但是，她仍認爲自己絕對只是以精神和他們交往，並希望被認爲是一個重靈魂的女性。這種心情實在很一廂情願，也容易陷入非常矛盾的狀態。年輕人都會對肉體感到興趣，特別是男人，某一個時期的觀念就是滿腦子只有肉體。在羅伯特·安德森（Robert Anderson）的戲劇《茶與同情》中，高中校長夫人對友人說：「唉呀！這學校的男孩子所思所想，不只是春天而已，一年到頭……想的都是性愛！」

雖然對女人而言，眞是難以想像，某一時期的少年，光是查字典時看到「女」字，或只是瞥到和女體相關的字詞，都會感到興奮。因此，準備考試打算認眞讀書查字典時，卻受到字典編譯者當然會編入的一些字詞刺激，書就讀不下去了，這種情形所在多有。如此容易受到刺激，這是少年某一時期的心理。少女們是否也該稍微明白，男人在某一時期的焦慮情緒呢？

異性間的這種性差異，要到長大成人後才互相瞭解，年輕時卻是彼此懵懂。她希望，他能夠以自己愛他的相同方法來愛自己；他則想以自己獨特的愛法去愛她。這裡就會產生少年時期戀愛中的不平衡。我想對這個時期的少年少女說，就是無論肉體還是精神，都同樣程度地容易流於謊言，也同樣程度地會吐露心聲。絕不是只有精神才會騙人，肉體也一樣會騙人；絕不是只有肉體才會吐露心聲，雖然聽來很奇怪，但精神也會吐露心聲。

說得艱澀一點，石原愼太郎氏的小說中所提及的男女關係，正是在鋪陳年輕人之間的性不平衡，我想年輕人都能接受。總之，即便是男主角所愛的女人，也有可能在下一瞬間就徹底不愛了。女人也許難以置信，不過男人在自己的肉體有所需求時，確實感覺自己很愛對方。一旦冷卻後，就感覺不出愛了。石原氏小說的新味，正是主張男女都應該清楚彼此之間如此簡單的分歧。原本，截至目前爲止的小說，都將這部分切割，彼此主張不一致時就打馬虎眼掩飾過去。唯一有將年輕人這種分歧原原本本表達出來的，只有石原氏的小說吧！

然而我在此不得不說，現代社會的性行爲，其實不像各位所想那般浪漫。爲什麼呢？譬如，我所說的性幻滅、性荒唐，或成爲不良分子、墮落等，其實並非肇因於性無知，我認爲，這是源自於對人類的無知和看不透現代社會構造的無知。爲何現代人的動物性如此早熟，卻漸漸有晚婚的傾向呢？這就是現代社會的矛盾、莫可奈何的矛盾。換言之，如果性的結合沒有經濟獨立當後盾，就無法被社會公然承認。這也可說是現代社會的一個鐵則。沒有經濟獨立當後盾的性結合，必定會產生許許多多的不協調。勉強加上強求，恐怕墮落和犯罪就在前方等著。就青少年犯罪的種種事件看來、就桃色集團的墮落過程看來，無一例外，那都不是性的墮落。爲什麼呢？人類的行爲是可預料的，無論發生過多少次性行爲、無論生下多少個小孩，這些事情本身並沒那般可怕，問題出在之後，從沒錢花用拿父母親的錢開始，然後欺騙朋友籌錢啦，敲詐別人錢財啦，最後劫車、持槍當強盜及其他種種不當行爲，到這裡問題已陷入無底深淵，罪惡也越來越深重。

因此，假定說——我在此做一個也許會令大家憤慨的想像吧！假如有一個桃色集團，他們非常有錢。無論那是父母親所給的，還是自己賺來的，反正就是擁有很多光明正大、任誰都無可置喙的錢財。他們聚集在理想的環境、衛生設備非常完善的某處，十來歲的少年十名、少女十名群聚。他們隨心所欲到處發生性行爲，生下孩子，造成很大的騷動。另一方面，他們並未犯罪或觸犯什麼法律，其間也認眞讀書、以好成績畢業，或者他們也可能一起努力有益於社會的工作、同心協力於某件有學問的工作等。這種事情頗難在現實中發生，假定如此，性行爲這件事情，怎麼可以被視爲罪惡呢？這實在令人納悶。在此除了性行爲淫亂外，其他事情全部不涉及亂。就所有層面而言，這是健康的青年男女以健康的出口在進行性行爲。況且生下孩子後，因爲有錢，對於孩子的養育也不會付之闕如。若是有這般理想狀態的話，再不會有人說性行爲會讓青少年腐敗、墮落之類的話。試著問問其中一人，他說，我有錢，我該做的事情也都認眞去做，我並未做出可以讓人家在背後指指點點的事，有什麼不對呢？男人愛女人、女人愛男人，這不是天經地義的事嗎？若是他如此回答的話，成年人們恐怕連一句話都無法反駁吧！

換一個角度來想，青少年很容易被說性腐敗、性墮落，必定有別的事情在糾纏。還有，大家之所以會對性抱著一層陰影，或許也是來自一個微不足道的原因。只有一點零用錢，無法滿足女方，因此造成女方的幻滅，或因種種經濟因素、社會因素所造成。若是給年輕人方才所敘述的幻想理想國，就性論性，其他的事情都認眞、正常、健康地去做是否可行？以年輕人的理性而言，實在很困難。如此一來，必定會發生荒淫無度的狀態，性事上疲憊不堪，書也讀不下去，雖然他們在經濟上不至犯罪，卻可能罹患結核病。因此，前述般的理想國，終結只是一個夢想而已，若想完全實現，實在很困難。

這就是我爲何會說出「既然如此，各位該如何是好？」我只能說，如同我輩以一種試行錯誤的方法在多次幻滅中學習人生，各位除了在錯誤中嘗試外，別無他法。人生在此時還無法看清楚，等到長大成人，彼此都有經濟能力，等到社會認可後所帶來的喜悅，這是很重要的事。爲什麼呢？因爲無論青少年如何追求感官上的愉悅，但在社會上也還未站穩腳步、經濟上仍是寄人籬下，所以無法達到所謂性的眞正愉悅。

如上所述，性行爲的獨立和社會性的獨立，在現代社會裡非常不同。雖然有所謂的成人禮，在野蠻人的世界，那就是社會性的獨立。不過，在現代社會裡，縱使二十歲已經是成人，仍然無法獨立。我想說，若是被社會評價爲一個獨立自主的人，其所作所爲，若和其他人有關係，也只會被評爲好或壞。當你「做」這件事情——也就是和女人發生關係這件事情，再也不必害怕會被說不可以。或說，性行爲這件事本身，不會再被責難了。換言之，應該只是在和性行爲對象的關係會被責難。但是，如果在年輕人的狀態，則性行爲本身就會被責難。如此一來的結果，就是性這件事無法光明正大。因此，我不得不認爲，就像法國或日本喜劇演員，有非常不成熟的男人被比自己年長的女人所喜愛，接受愛的啓蒙，等性事漸漸成熟後，再以獨立自主的男人去愛比自己年紀小的女人，這種結構非常完好（就像法國電影《青麥》[1]等例子）。這在日本，僅發生在極小部分的社會中，一般則無此條件，或說如果泰平日子繼續持續下去，日本也許就會成爲那樣了。

1 《青麥》（*Le Blé en herbe*），一九五四年上映，改編自同名法國小說，描述一段三十世代的女人跟十八歲男孩的忘年之戀。

第十講　戀愛的技巧

一

男女的交往，大致可以分爲三種情況：

A不自負的我方，刺激自負心強的對方。

B自負心強的我方和自負心不強的對方。

C雙方的自負心都很強。

A不自負的我方，刺激自負心強的對方

世間上，有很多醜男配美女、俊男配醜女的情形。像古代玩偶那樣俊男、美女的夫婦比例上其實比較少；不可思議地，醜男和美女、俊男和醜女的結合比較多。

而且，品行的好壞，並非由相貌美醜而定，也有電影俊男明星的品行非常端正的，也有禿頭喜劇演員的品行非常不好的。聽說，上原謙[1]對於女人非常拘謹，而柳家金語樓[2]則是一名唐璜型的放蕩子人物。

大抵上，醜男和美女、俊男和醜女的組合，許多時候是因爲醜的那方能刺激美的一方的自戀度。聽說由男方看來，向美女求愛是比較容易的。爲什麼呢？因爲美女有自負心，只要使勁把那個自負心抓住，求愛就非常容易了。雖然，也有故意向醜女求愛，而不覺得辛苦的人，但是自覺不美的女方，反而很難求愛。縱使非常有魅力，自己沒察覺而不認爲自己美的人有很多。這些人很難相信對方的愛情，所以不容易求愛，是難以處理的對象。

若要向自負心強的對方求愛，最重要的，是找出對方本人沒發現的魅力。總之，無論多麼自負的人，也不可能完全察覺到自己的一切。或者說，無論多麼自負的人，無論多麼喜愛被讚美的女人乃至男人，也有希望被讚美卻還沒受到讚美之

1 上原謙（1909-1991），本名池端清亮，日本戰時當紅美男子演員。

2 柳家金語樓（1901-1972），本名山下敬太郎，具有男演員、落語家、編劇、陶藝家等多種身分，亦是以禿頭為笑點的喜劇笑匠。

處。法國作家中，有人說過這麼一句話：「若想奉承將軍的話，只會讚揚那位將軍的輝煌戰功，就是傻瓜。應該去讚美將軍的鬍子才對。」也就是說，將軍的戰功已經被所有人誇講過了，就算現在又被讚美，也沒什麼感覺。不過，假如有一位女性能夠抓住將軍的心，說「您的鬍子實在很漂亮！」之類的話，將軍就完全被收服了。因此，若要向自負心強的人求愛，讚美對方被公認的部分也收不到多少效果。可是，女性向自負心強的男人求愛時，就女性特點而言，許多人即使被對方的優點吸引卻對此不置一語，甚至只顧敘述自己心情者爲多。

「我，總有一種難以忍受的感覺呀！你懂嗎？我說難以忍受啊，怎麼說呢？不過和您沒關係啦！我知道。但是，今天我差點被車子撞到啊！到底怎麼了呢？」

盡是向對方囉哩囉嗦，也不會有太大效果。爲什麼呢？因爲自負的人，會因被刺激自負心而被收服，而對方綿綿不斷述說對自己的心情，反而會感到無聊沒趣。因此，要引起自負心強的對方的注意，最重要的就是把對方自負之處巧妙地融入談話中。換言之，並非阿諛順從，只要在言談間稍稍讚美一下對方的魅力即可。如此一來，自負心強的對方很簡單就會落入陷阱。拉羅什富科[3]說：「情侶們在一起，絲毫不覺得無聊，因爲始終都在談論自己的事。」（《箴言集》第三一二條），這是戀愛成立以後的說法。戀愛尚未成立前，要追求對方卻盡說一些自己的事，不會有什麼效果。

向A求愛的例子

1由男方向女方求愛

「昨天看到妳一個人靜靜地，在屋頂看著熱氣球廣告發呆喲！誰都沒發現、妳獨自一個人，我還是第一次看到喲！任誰看到都會立刻喜歡上妳，因爲，就算只有妳我兩個人時，總還是覺得有許多男人不時以審美的眼光看著妳。……可是，昨天眞正只有一個人。我認爲，獨自一個人的妳，更加可愛。」

2由女方向男方求愛

「我喜歡你百般無聊時，眼睛往旁邊一瞥的眼神。那時候，你什麼都不看吧！平日一副大男人模樣，只有在那時候，好像一個孤單的少年。……對啦！你感到無聊時的身影最有魅力啦！那時是這麼想的。」

3 拉羅什富科（François VI, duc de La Rochefoucauld 1613-1680），法國散文作家，其名著為《箴言集》。

B自負心強的我方和自負心不強的對方

妳本身很自負的情況，和章首提及的A例恰好相反，妳的自負心態，自然會吸引欣賞的異性。實際上，人生非常有趣，A、B、C各不同型的人，就會各自招來適合的對方。B的情形，妳一有所行動，大概會招來唐璜型的人物吧！爲什麼呢？唐璜型的男人，征服慾強，也因難以征服而讓人感到魅力十足。妳本身相當自負，若表現出冷冰冰的態度，就會引發對方冰解這冷冰冰態度的興趣。不過，若是妳的自負心消除，突然奉承對方，態度軟化的話，他就沒興趣了。

然而，如同在A例中的敘述，向具有魅力卻不自知的不自負型女性求愛。其實正是唐璜型男人的最終理想。如小說《危險關係》中，玩弄女性的凡爾蒙子爵（Vicomte de Valmont），向非常純潔、絲毫不自戀的僧院長夫人求愛，四百幾十頁的書中，從開始到結束只是不斷求愛求到底，希望說服對方，這就是一個典型例子！

因此，假如妳是一個自負心強的人，不要讓對方輕易利用到自己的自負心。務必要明白，自負心是一個強項，也是一個弱點。換言之，若是對自己的容貌、魅力感到自信，妳已經立於防禦的立場了。因而，雖說這可以引起對方的注意，自己自然引起對方注意之後，就是該巧妙運用所謂的防禦戰了。不過，男人總是很任性，無論如何美麗的女人、冷若冰霜、不准接吻，無論說什麼溫柔體貼的話，都端個架子不答腔，只露出木石般表情的話，男人很快就死心走人了。觀賞過葛麗絲凱莉（Grace Patricia Kelly）主演的電影《天鵝公主》的人，劇中的公主就是一個例子，她是一個冷若冰山、不友善的女子，雖然是一位大美人，王子卻提不起求愛的興致，交往之後感到無聊而洩氣。因此，若妳本身很自負，擺出防禦戰時，不能完全蟄居於城內，隨時要出來偵察一下，刺探敵情，務必得讓敵方不斷對自己展開攻擊。總之，不讓對方停止攻擊就是祕訣。爲什麼呢？因爲當異性被妳外在魅力吸引而來，若妳一直蟄居城內的話，他很快就會撤兵打道回府。

說到讓對方持續攻擊一事，換言之，得持續投些小小的餌給對方，以此引對方上鉤，別無他法。如此的說法或許很不高級，也就是要以妳的自負之處，隨時讓對方覺得有希望。雖然是小小希望，卻要讓對方覺得有很大希望，有持續下去的價值。例如：當妳處在眾人當中，稍稍投以一個目光，就會讓對方覺得太值得了。投以一個目光，自己又不會減少什麼、也不會有損失。所以自負的人，可以有許多於己無損的小小讓步，來吸引對方。

還有一個對B有利的例子，就是可以讓追求者相互競爭。總之，同時有二人乃至三人在追求妳，此競爭中，縱使妳只是發呆般站著，對方也會以各種方法來揣測妳的心情。至此妳到底要選擇哪一個好呢？簡單下決斷就可以完成了。

向B求愛的例子

1男方向女方求愛

「今晚一起去吃晚餐吧？」

「謝謝。可是『肚子一點都不餓』，去餐廳卻不吃飯也很累，還是算了。」

「無論妳怎麼大吃大喝，我也不會幻滅喲！」

「是嗎？那麼如何才能讓你幻滅呢？」

「只有當妳往自己的臉上潑硫酸時。」

「你也會說出這種話呀。比起美食，我更愛聽奉承的話，但是……下一次再去吧！」

2女方向男方求愛

「昨天突然遇到時，實在太高興了。」

「…………」

「我已經到了想把你關進籠子的地步了。」

「……我有急事，等我回來時找個地方，去訂製一個能把自己關進去的籠子吧！」

C雙方的自負心都很強

這是非常難以成立的情況，雙方的自負心都很強的男女，以像古人偶般的俊男、美女為多，如此的結合頗不容易成立。怎麼說呢？因為互相無法容忍對方的自負。也因為彼此都很瞭解對方的自負機械裝置，縱使對方自負得不得了，看起來也不神祕。我想，這若拿來當做戲劇和小說的情節一定非常有趣。不管是多細微的動作或言語，因為彼此的自負都會感到嫌惡。因此，縱使有一方眞心相待，另一方卻總是無法相信。結果還是得哪一方先捨去自負，轉移成A或B時，結合才能成立吧！為什麼呢？因為戀愛一定得哪一方多愛一些，所謂五五波的例子很少。

有關自負，還有一個有趣的例子。有一位非常自負的美男子，向非常自負的美女求婚。他的態度磨磨蹭蹭、露出不太熱情的神情求了婚，結果並沒有得到明確的答覆。然而，兩人怎麼說也還是戀愛關係。沿著皇居的護城河，散步到半藏門[4]一帶。邊眺望著夜間又深又暗的護城河與皇居的綠蔭，兩人走著走著，女方突然說，想爲男方唱一首歌。於是，她就唱起目前最流行的爵士歌曲。但是，男方非常自負，自認歌喉優於女方，對方那難聽的歌聲實在聽不下去。女方唱完歌後，問道：「如何？」因爲男方當下就說：「不好聽啊！」兩人立刻吵起來，結婚之事也就此告吹。

想來，女方原本打算以自己差勁的歌喉來表現愛嬌，並非以此來暴露自己的缺點。因爲她自認容貌美、歌聲好，才會唱歌給對方聽，麻煩的是，男方也自認容貌俊、歌聲好。這裡有一點小小誤解，若是對方這個男人對歌唱完全沒自信的話，就會更謙虛地聆聽那差勁的歌聲，會視爲那是對方值得喜愛的一個缺點，在此，也許愛情就會產生。相同類型的人，反而很難理解對方的期待。這就是人性心理的有趣案例。

C的例子

「妳看過N（電影男演員的名字）的素顏嗎？實在一點都不俊俏。」

「你比較帥喲！最近R（電影女演員的名字）知名度很高，其實也並不怎樣呀！」

「妳比較漂亮喲！」

「謝謝。眞是紳士風度，立刻就回禮了。」

「可是，……話雖如此，不會不和我交往吧！」

「我討厭那種傲慢的人。」

「所以，我認爲自己和妳剛好是很合適的一對。」

「說的也是。不過，我很容易在喜歡自己的人面前，表現出自負的模樣，可是在你面前卻很謙虛啊！縱使如此。」

「縱使如此……我也可以不愛。」

「我也是喲！」

「在這之間，該不會有很快就能和睦相處，或是彼此有約定之類的吧！」

「很難。永遠都在冷戰啦！」

「那麼要和睦相處，可要等上好幾年囉？」

4 位於今日東京都千代田區，為皇居西側的內城門。

「好幾年？也許就是明天吧！」
「咦？」
「明天或好幾年後，這樣明白嗎？」

二

想接吻的時候

用嘴巴說出想接吻的人，就是傻瓜。時常在三流電影中出現「我想吻妳」的臺詞，既然接吻的場所都有了，還問什麼呢？眞是一個傻子啊！一瞬間兩人意氣相合，就吻下去了，縱使單方面計畫營造氣氛，但如果瞬間和對方意氣不合，也是像傻子一樣。應該營造意氣相合的狀況和氛圍來代替會話才對，假如單以會話表達的話，實在愚蠢。譬如：翩翩起舞之間，突然嘴唇相接觸啦；或是她拿不到放在高架上物品，說「幫我拿一下」，男方身高比較高，伸手往架子上拿東西，女方昂首等待對方幫忙取物，男方在把東西拿給女方時順勢在她臉上吻一下啦！一切都得像偶然發生那般才行。

反正戀愛這種事，總要有一件什麼「事件」發生，無論如何計畫，在那瞬間得讓對方感覺，完全是偶發事情，這就是祕訣。換言之，務必要自然，任誰在最初接吻時，男方總是有種打算要接吻的迂腐迷思，自己被自己的計畫所縛，弄得非常緊張，好像機器人般僵硬而失敗。隨著技巧漸漸熟練，就可以收到想要的自然效果、偶然效果，這些效果就會變得很完美。不過，感動也會隨之漸漸稀薄，人們在成爲戀愛達人的同時，自己漸漸就很難玩味那種激情的感動。這實在是很矛盾。計畫完美進行時，就不再像少年時代般熱情洋溢。

我在某一個深夜，親耳聽到一對年輕男女的對話。男方倒了一杯酒，女方卻要了橘子汁。男方說道：「來到這種地方，還點橘子汁，眞是膽小！」因爲那就是深夜俱樂部的感覺，我一直都忘不了，那瞬間實在是最適合接吻的瞬間。那兩人因爲有人在看，所以才沒接吻……

接吻後，男方經常都會問：「生氣了？」有些女性會以「沒有啦！」來否認。也有些女性會說：「對。生氣了！」其實，這兩種情形下都沒有生氣的證據，若女方眞的生氣，就會立刻跑去漱口了吧！

大致上，對男女雙方而言，接吻是非常自然進行的，和戀愛中其他所有效果一樣，有所制約、障礙時，反而是絕妙時機。譬如；眾目睽睽之下，兩人想要相互接觸，焦慮不堪。兩人獨處時，就是第一次接吻的機會。完美的戀愛場景，一定是設在兩人高度焦慮、兩人獨處時，自然地接吻。根據盧原英了氏（Ashihara Eiryou）的說法「在法國，單獨和女性相處五分鐘，若不接吻，等於對那位婦人失禮。」換言之，兩人單獨相處五分鐘，卻不去吻對方，好像就是否定那女性的魅力。原來也有這種可怕的國家。

想有肉體關係之慾望

這完全是在對話的領域。絕對得要好好對話不可。因爲確認對方OK或NO，才是最重要的事情。最近的電影《行刑的房間》[5]中，讓女子喝下迷魂藥後，在昏迷中發生肉體關係而成爲話題，那種方法是下流中的下流。大抵上，這種事情並不限於最近的太陽族[6]，我親耳聽到的例子中，戰前也發生過這樣的事情。雖然忘了是餵藥還是餵酒？總之，不良的酒肉朋友趁少女昏迷時加以性侵。然而，因爲他還很年輕，並未完成任務，只是他自己結束而已。但是，醒來後的女方，一直都認爲自己已經不是處女。直到結婚前，她都還爲此事痛苦、煩惱，獨自悶悶不樂。之後，和另外的男性結婚時，丈夫告知她是處女，她彷彿在夢中般喜悅。

無論如何，所謂戀愛的喜悅，就是要看到對方的反應，特別是男人更是如此。餵迷魂藥，根本得不到人的肉體和肉體、心靈和心靈之間，相互感應的喜悅。那樣做，等同自慰。無論如何，所謂愛的喜悅，就是相互感應的二個個體之間的喜悅，發生肉體關係時，絕不可以用欺瞞的方法。我不是說那是道德問題，而是對自己的喜悅或對方的喜悅來說，那都是一種損失。應該慢慢地、慢慢地等待對方的允許，一定得等到確認沒問題了才可以。

我舉如下的會話例子，但不是說依這段會話去做，就一定會成功。我想勸告年紀還輕的朋友，如果自己的做法還很笨拙，而且還想以那笨拙的方法強行的話，最後可能落得像《行刑的房間》的結果，彼此都慘兮兮，不如等年紀再大幾歲，等一切水到渠成，才是聰明的選擇。譬如：

5 改編自石原慎太郎的同名小說，一九五六年上映，導演為市川崑。此電影與另兩部同為石原小說改編的《太陽的季節》、《瘋狂的果實》，同被稱為「太陽族電影」，上映後引發多起強姦案件，形成社會議題。

6 太陽族一詞出自一九五五年石原慎太郎發表的短篇小說《太陽的季節》，小說獲得第38回芥川賞，在對談過程中「太陽族」一詞被提出，專指夏天海邊上不守秩序、重享受的年輕人，此詞後來成為流行用語。

「無論什麼事都可以做嗎？」男方如此問道。
「什麼叫做無論什麼事？」女方反問道。
「人類會做的事，全部喔！」男方回答道。
男人的祕訣，在沒有肉體關係前，絕不能認同女人也有慾望。必須表現出以爲對方沒有任何慾望。不然會對女方的羞恥心有不良的刺激。至少，處女是很討厭承認自己的慾望的。她們雖然很巧妙地隱藏自己的慾望，卻總是暗自驚訝、憤慨對方年輕男子爲何無法隱藏呢？

1失敗的例子

「不可以一起去旅館過夜嗎？」
「去旅館過夜？想做什麼？」
「不說也知道，不是嗎？」
「什麼？笑得好不純潔啊！」
「不純潔，眞不好意思。可是總有一天妳也會變得不純潔啊！」
「我絕對不會變得不純潔……算了！我討厭說這種話的人。」

2成功的例子

「好像被蒙住眼睛般跟著我走，妳可能會討厭吧！還是得睜開眼睛跟著我走才可以。」

「啊呀！我一直都是睜開眼睛的。」

「無論到哪裡，都有信心睜開眼睛嗎？」

「不知道。」

「假如討厭的話，到那裡再回頭也可以。絕不可以勉強。若是勉強的話，我也不喜歡。」

「好啊！因爲我不打算回頭。」

想結婚之慾望

戀愛中，不論他或她是否想結婚，「結婚」兩字都是禁忌。電影《穿裙子的中尉》[7]中，某中年人和年輕、美麗的女性結合。朋友們見此說道：「結婚快樂！」

7 一九五六年上映的美國電影，由Frank Tashlin執導。

他則有些矯情地回答道：「什麼結婚，不要用那般不純潔的語詞。我們之間的關係，只有LOVE可以一語道盡。」

女人的夢想是結婚，正因如此，人不會露骨地向別人道出自己的夢想。男人也是如此，向別人高談闊論自己理想的人，會顯得輕浮，也是淺薄的人。女人也不該像個傻瓜般，不斷對戀人說結婚這樣、結婚那樣。那會變成脅迫對方吧！古風的求婚方式，得請求會見對方的雙親。現在還有許多人是以這種形式結婚，我也認爲，這是一種美好的習俗。然而，無論男方還是女方，對於對方的求婚，應該在心理上充分確認可能性，未確認時，若以結婚爲前提來交往，乍看之下好像非常愼重謹愼，反而是危險，也會帶來損失，終究無法成功。我聽過女性要求男性，以結婚爲前提來交往，男方立刻逃之夭夭。她實在不應該犀利地說出條件。

我舉個例子吧！這並非方才敘述的古風求婚，而是基於雙方當事人的意思，求婚的一個會話例子。

1男方向女方求婚

「我想得來辦個大事囉！非常盛大。」

「兩個人嗎？」

「對。兩個人可以做的事，那個什麼……」

「雌雄大盜之類的，我可不知道哦！」

「是呀！是有點類似……妳應該已經猜到了吧？」

「知道啊。但是，犯罪這回事，很難斷然決定喲！」

「哪一個會先說出口呢？猜猜看吧！」

「好。」

「是妳喔。」

「好啦！可恨的人。」

2女方向男方求婚

「你討厭平凡的結局嗎？」

「倒是不討厭。」

「非常平凡……嗯，那你呢，討厭平凡的事情嗎？」

「我不是說了嗎？並不討厭。」

「雖然如此，也不能說不討厭吧。因爲我之前一直認爲喜歡平凡結局的只有女人嘛，眞是對不起！這事一直都說不出口。」

「……我們結婚吧！」

「雖討厭那種頓悟。……但是，我會說好啊！立刻！」

三

沾上口紅的襯衫，爲漫畫中常用的題材，連小學生都看得懂，母親發現父親襯衫上的口紅而對父親大發雷霆的漫畫。然後，漫畫的結果大抵是父親道歉了事，現實生活中，若是偷情被發現，一般也是道歉說聲：「下次不敢了」。首先，男方若還有幾分愛情的話，一般都會道歉，如果愛情已經消失，偷情敗露後，反而會愈來愈冷淡。

令人困擾的是，男人把偷情認爲是一種榮譽，把女人吃醋當做愛情的證據，這種想法是古來傳統的一種習慣。因此，沾上口紅的襯衫，縱使是因爲電車上鄰座女性打瞌睡，俯身不小心沾上的口紅，也仍有男人故意要背這個黑鍋。還有因爲女方非常輕視男方，不斷說些「反正你是一個沒人要的男人！」之類的話，致使男人產生反抗心，爲證明自己仍然有人要，而故意去偷情的也有。女性大概不致於有這種例子吧！那就好像一天到晚都被母親說是「膽小鬼、膽小鬼」的兒子，有時會打架受傷回來，讓母親驚訝、自己卻覺得很開心。

大致上，偷情就限定在偷情來思考的話，對男人而言並不是人生的重大事件。最理想的偷情應該像一場驟雨，不留下任何痕跡。不過，女人從自己的生理來思考，總無法理解這種偷情心理。她是站在和自己男人偷情的女人立場來思考。如此一來，偷情絕對無法以驟雨來思考，而會認爲之後還有許多事端。因此，縱使男人說偷情只是逢場作戲，女人還是無法認同。對男方而言，偷情並未感到快樂，卻要被嚴厲責備，這件事是無法接受的。但是，世間有把偷情只當偷情的人；也有若非眞情就不做的人。這也未必能斷定前者不眞誠，而後者眞誠。因爲後者當中，也有那種有本事同時愛上三、四個人的人。若是正常、單純的男人，只愛一個女人，才能夠享受有如驟雨般的偷情吧！

偷情敗露時，發現者的立場，最應留意的就是不要過於聰明。此時不可完全依賴理性。理性是最會欺騙人類的東西。我至此敘述很多理性所產生的效果，不過最令人震驚的事件當中，理性反而會產生反效果。

偷情敗露時，最希望的收場是又打又踢、相互摔東西大吵一架。憤怒下放開一切，對彼此來說都最健康。有對夫婦，丈夫風流成性，夫婦吵架不曾間斷，每次都是摔壞「夫婦杯」大吵大鬧。因此夫婦杯經常被摔破，於是和好如初後夫婦商量決定以後不再摔杯子，就去買了一組非常昂貴的上等夫婦杯回來，可是，這組夫婦杯的壽命連三天都不到。雖然這對夫婦經常吵架，卻是一對感情很好的夫婦。

對被背叛者而言，假裝不知情是最危險的。當然啦！假裝不知情，不吃醋，對方因爲感覺沒人競爭就不再偷情的情形也有，不過男人很容易得意忘形，女方假裝不知道的話，安心之餘也不見得就不再偷情。男人通常不會老實把偷情之事坦白出來，直到敗露才會有個了斷。女人也是一樣。不過，女人很難露出馬腳，偷情敗露的危險性比起男人少很多。

男人當中，也有這樣的人，擁有比自己年長的戀人，並會把自己偷情的事一五一十向年長戀人告白。這是特殊的案例，因爲他的天眞坦白，總是能成功收服對方。她認爲他是正直的好青年而深愛著他。然而，事實的眞相是，他是一個手腕高明之人。

因爲偷情男總會有某種程度的罪惡感，並非毫無想被處罰的心理。女人之所以佯裝不知情，也是因爲不瞭解男人的這種心理。對膽小的男人來說更是如此。膽小男將此事向老婆、向女人曝露後，才能達到安身立命的境地。假如她佯裝不知情，他的罪惡感無從排除，漸漸就會變得更糟糕，對她的態度也會冷淡，心也會漸漸遠離。

偷情的發現者，有必要去確認對方的偷情是否認眞？這好像在預測颱風來襲般，她得擁有像氣象局般精巧的探索器。假如知道偷情一事是認眞的話，最後一條路，是一直等待呢？還是立刻分手？她只能二選一。大部分的女性都會一直等待，直到獲得最後的勝利。爲什麼呢？因爲男人就像鴿子一樣，遲早都要歸巢的。

爲讓談話容易瞭解，舉兩部各位可能都觀賞過的電影來當例子。一部是《七年之癢》，一部是《亂世忠魂》。前者爲喜劇，後者則是悲劇。兩部電影率直地顯示，男性偷情大抵以喜劇收場，女性偷情則是悲劇收場。《亂世忠魂》中飾演人妻的黛博拉．寇兒，在另一部電影《愛情的盡頭》也是飾演同樣角色，一樣以悲劇收場。也就是說，女性偷情原本和社會環境也有關係，無法像驟雨般來得快、去得也快，偷情在精神面上的錯綜糾纏乃是女性的特色，所以常被視爲嚴肅的議題。

有人說，女性的偷情，不只是建立在肉體關係。年輕太太站在廚房門口，和推銷員開朗地大聲說笑，那也是一種偷情。因爲女性的偷情和精神方面有很深的糾葛，所以更危險。更確切的說，男人可以因場合，把肉體和精神清清楚楚切割，這就是男人的特色。但是女性對於肉體和精神幾乎是無界限的相互連接，到哪裡是肉體？到哪裡是精神？連她們自己都不清楚。男性和女性的特質如此，在偷情時明白顯示出對照性。偷情的女性，自包法利夫人[8]以來，都是悲劇的主角。

我以男性立場看來，黛博拉・寇兒這位女明星飾演的人妻角色令人驚艷。例如：在《亂世忠魂》中，飾演下士官的畢蘭卡斯特（Burt Lancaster）雨天來找上士官之妻黛博拉・寇兒接吻的場景，若不是黛博拉・寇兒，就演不出那不可思議的冰冷性感。總之，因爲男性非常積極，偷情時抗拒的力量全部消失，可以單刀直入去偷情。不過，女性偷情時，縱使來自自身意志，也會感到肉體背叛自己吧！因此，看到黛博拉・寇兒冰冷的容貌中燃燒著熱情時，讓我們感覺到，她已經明白自己無法控制的肉體，眼看就要背叛她那冰冷的外表。

自古以來，男人恐懼自己的戀人或老婆偷情，就是怕發生這種無法控制的大事件。

偷情敗露後失敗之情況

男：「對不起啦！」

女：「…………」

男：「不要生氣啦！不是賠罪了嗎？」

女：「說什麼賠罪，來不及了。」

男：「那就隨便妳啊！」

女：「『那就隨便妳啊！』說得可眞快啊！無論如何，禮貌上也應該稍微辯解一下，如何呢？」

男：「已經沒有辯解的餘地。難道妳覺得像個娘們般取悅人的媚態男人比較好？我可模仿不來，對不起。」

女：「倒是撇得一乾二淨啊！若以爲這樣就可以重修舊好，那你可大錯特錯。最近，我已經無法忍受你敢做不敢當的偏差行爲。人生啊，老實的人果然沒什麼好

8　法國作家福樓拜長篇代表作品《包法利夫人》，書中女主角艾瑪在成為包法利夫人後，因不斷的出軌走上自我毀滅的道路。

處。你啊！眞是一點都不可愛。」

男：「是怎樣？現在做人身攻擊嗎？好啊！好啊！」

女：「我討厭被認爲，自己是因嫉妒而生氣。」

男：「不要如此僞裝自己。」

女：「我才不像你這種一年到頭都在僞裝自己。……我生氣的不是那個女人。她也是被害者。我對於你爲人處事處處狡猾，愈來愈生氣。你卻只打算以沉默表現誠意。若要沉默的話，人偶啦郵筒啦！都比你強多了。你根本一點都不值得信賴。只會沉默地裝出一副誠實可靠的模樣來，有時，還會好像很溫柔地皮笑肉不笑，肚子裡想的盡是另一回事。」

男：「我是說，妳到底要怎樣？」

女（如此被說，氣勢減弱）：「要怎樣？什麼都不行的傢伙。」

男：「什麼都不行？哼！不是會偷情嗎？」

女：「長那張臉還自以爲是大情聖，眞是太可笑！」

男：「妳的臉又怎樣？」

女：「說出最後的一句話了。」

男：「對。那張臉就是最後了。」

女：「下流、卑劣……連生氣都不想了。你好像蛇一樣令人厭惡。」

男：「隨便妳說。我這一輩子都不想再和妳說話。」

女：「我才是。」

男：「嘿，立刻就回嘴。」

女：「別臭美了！老實說，我生氣自己怎麼會跟你這種人在一起這麼久。現在我已經不生氣了。因爲我醒了。」

（就此結束）

偷情敗露後成功之情況

男：「對不起啦！」

女：「…………」

男：「不要生氣啦！不是賠罪了嗎？」

女：「賠罪……」

男：「什麼？」

女：「嗯，繼續賠罪啊！」

男：「奇怪的傢伙。」

女：「無論如何都不原諒你！不原諒你！不原諒你！」

男：「好大的暴風雨啊！」

女：「拜託有誠意點！因爲這是眞誠的對話。」

男：「男人啊，已經無地自容了。現在，哪擺得出那種眞誠的臉……」

女：「謊言也沒關係，演戲也沒關係，請表現出眞誠的臉來。」

男：「…………」

女：「我可以哭嗎？」

男：「啊！可以哭啦！」

女：「眞的可以哭嗎？雖然只想哭一下下……可是，你不是最討厭女人哭哭啼啼嗎？」（邊說邊哭）

男（溫柔地）：「……對不起啦！」

女（不經意地）：「嗯……嗯嗯，不！不！賠罪也不行。」

男：「賠罪也不行？」

女：「我一開始就原諒你了。我無法忍受那樣的自己啦！好悽慘！」
男：「我保證，絕對不會做出讓妳悽慘的事。」
女：「還說呢！現在不是正在做嗎？」
男：「我知道啦！所以啊……」
女：「所以啊！怎樣？」
男：「所以啊！不會了。不是說過了嗎？」
女：「將來的事，誰都不知道啦！你也是、我也是。」
男：「喂！妳在威脅我嗎？」
女：「不是，以前我太放心你了。以後可以完全放心了嗎？還是無法放心呢？……但是，讓我變成那樣不幸，實在太沒道理啊！太放心，不好嗎？我想我無法放心，總覺得世間上到處都是閃閃發亮的玻璃碎片。但是，那種心情實在說不上美好。這樣的我，好像比以前更愛你了，好可怕喲！」

四

有人說相逢就是離別的開始，日本人受佛教的影響，長期以來學會「會者定離」[9]這句話。日本人在這點上，精準掌握戀愛的本質。譬如：把西方建築和日本建築比較一下就明白，他們的建築物以磚瓦、水泥和石頭建造，地震時也不會崩解。縱使看起來老舊生鏽，房子依然堅固耐用。但是，日本的房子「結草爲庵」，是不牢靠的木造房子，颱風稍爲一吹，轉瞬間就消失得無影無蹤。因此，日本人對於戀愛的虛幻性非常清楚。爲什麼呢？因爲從生活中的虛幻性，深切感受到戀愛的虛幻性。

若是有所謂戀愛學的話，日本人吟唱了許多離別後落寞的詩歌，眞可以稱得上戀愛學大家吧！然而，當西洋式思考引進之後，很多人開始認爲，戀愛就像水泥建築和石材建築般牢靠，特別是女性，很期待即使有颱風、有地震也不會崩解的戀愛。因此，男方想分手變得愈來愈困難。如以建築做譬喻，分手的困難在於，習慣的力量比愛情的力量更大。

有人說相逢容易、分手難。戀愛的奧祕好像在分手，能夠圓滿分手的男人，才是最高明的戀愛達人。縱使號稱唐璜型的男人，分手後也有分被對方怨恨者，以及不被對方怨恨的好男人。後者是愛的理想型，其實這種人並非因爲技巧或其他長處，只是因爲人品，而留給對方一個美好記憶。雖說是技巧，能夠圓滿分手還是來自男性的好人品，若是笨拙玩弄技巧的話，反而讓人留下惡劣的印象。

戀愛最終無法結婚時，一定得分手。封建時代自主性的分手反而很少見，通常是被周圍情勢所逼，不得不分手的情形爲多。縱使被周圍的情勢所逼到要分手時，很多都是以死來尋求解決。近松淨琉璃的殉情故事，大抵都不是戀愛發生破綻，而是因周圍的情勢使得戀愛破局，才以死來解決的形態描述分手一事。不過，新的戀愛形式，或說是從更個人主義的社會所產生的戀愛，並不會遭遇那種事，也不會採取那樣的形式，當然，這得基於雙方彼此的判斷和彼此的意志，盡可能不互相傷害地分手。因此，不能只怪男方任性，女性的分手技巧也很重要。

9 日本諺語，出自佛教《遺教經》，意指有相見必有別離。

很早以前的一部電影《玻璃之城》（*Le château de verre*），有一場男主角尙・馬雷（Jean Marais）因爲結識了人妻戀人，前去和女友分手的場景。分手時，因爲女方還愛著他，雖然是痛苦的離別，她卻連一滴眼淚都不掉。當男方表達心意並告知兩人之間的戀情已經結束，她沒有露出任何依依不捨，只是送走那個男人。等到男人出去後，她走到鏡子前，才開始哭泣。

所謂分手，不具自尊心之人，無法分得乾淨。換言之，分手時彼此都不能傷害對方的自尊心，但最困擾的是：沒自尊心，也就是迷戀對方到完全失去自尊心，日本舊式女性有很多這種例子。縱使知道對方的心已冷，還像一條狗般追著對方，情傷，也就愈來愈重了。分手時，只要雙方都還有幾分自尊心，就可以瀟脫、姿態優美地別離。所謂雙方都有自尊心，也就是互相在戀愛上都有所節制。能夠談一個有節制的戀愛，無論哪一方，在精神上都應具備某種程度的成熟度，若非如此，就會發生各式各樣的悲劇。最近，因爲女方糾纏不清不肯分手，而唯恐影響自己前途而殺死對方，將之埋在地板下的社會事件，就是因爲男女雙方的心智都還處於小孩階段，才引發悲劇。

有關分手的技巧，絕不是馬馬虎虎的事情。爲什麼呢？大體上而言，求愛的技巧只要循著一個規則就能順利進行，但分手的技巧才能看出人品，才能顯現自我個性的力量。

聽說有一位電影明星和女性分手時，總是只有一句「膩了」。這樣分手就成立，女方被說「已經膩了」，張大嘴巴說不出話，更不能在後面追。實在是天衣無縫的技巧。不過，也不是誰都可以如此，他的悠哉，來自他的公子哥兒個性，加上不會令人反感的態度，看起來才會這般自然。

若是無法如此做，就得使出各式各樣的技巧。蘆原英了[10]在隨筆中，揭發自己叔父藤田嗣治[11]對待女人的態度。蘆原氏說藤田嗣治「取其優點」。所謂「取其優點」，就是和某位女性交往時，該女性的長處——肉體的、精神的長處，全部都由自己來享樂，享盡後，接著將她改變成另一種人格。

這到底是怎麼一回事呢？聽說藤田氏會把和自己交往的女性，漸漸改造成一名惡妻。原本是清純可人的女性，受藤田氏的影響，漸漸變成大醋桶、可怕、莫可奈

10 盧原英了（1907-1981），日本音樂、舞蹈評論家。

11 藤田嗣志（Léonard Foujita 1886-2009），日本畫家，以毛筆為油畫工具，創出獨樹一格的東方式油畫風格，在法國獲得成功。

何的女性。其實，這正是藤田氏巧妙的手腕。如此一來，世間人都認爲藤田氏好像是受害者，世間的男人也都會同情藤田氏。這時候，藤田氏還會爲她找一個更年輕的新戀人。然後正當她對新戀人一頭熱時，藤田氏便設計讓自己成爲宛如被一腳踢開的無辜受害者。其結果看來，藤田氏好似被女人拋棄，看似可憐的被拋棄男。其實，這一切都是他的計謀，他私底下竊笑、開始找尋新的戀人。

我不是要傷害藤田氏的人格才舉這個例子，我想說的是，熟練的中年男子，很多人都使用這一招。把女方對自己的熱情轉化到其他地方，除此別無他法。爲此，得替女方營造一個新的戀愛環境，完全轉移她對自己的愛意。說起來，這必須要有高等的忍耐技術，所以不鼓勵年輕人這麼做。

男性在戀愛中應有的禮儀，就是即使對方被自己拋棄，也得佯裝自己才是被拋棄的。換言之，世間的尊嚴上，得讓對方看起來像勝利者。常說自己被甩的男人，其實以戀愛成功者爲多。說自己甩掉那女人的男人，都是被拋棄的男人爲多。非常有自信的人，不會以拋棄對方爲傲。

那麼，照例以會話來說明，從之後的對話中，我們很難區分是柏拉圖式愛情的分手，還是肉體關係的分手。前者的情況，恐怕非常感傷，我不忍心在此寫出來。後者的例子，譬如：電影《行刑的房間》中，恩盡義絕的恐怖臺詞，也就是接近於所謂「縱使看到妳的裸體，我也硬不起來」那種用語，我認為就算是前者，也是單純的虛張聲勢、聲東擊西的案例為多吧！

例一——虛張聲勢型

男：「就此分手比較好，不是嗎？」
女：「所謂好，只是你的判斷吧！不是我的認知。」
男：「不要那麼自信，雖然我打算分手，你該不會追過來吧？」
女：「沒有人說要去追啊！」
男：「有露出想去追的神情哦！」
女：「哼！這麼說，是希望有人去追吧！」
男：「哼！自以為是。」
女：「自以為是的人是你啦！」
男：「不要再吵了。分手時，也要灑脫些。」

女：「又不是在演戲。好啊！就這樣往灑脫的方向去吧？你這個人就是很重視自己的風格啦！」

男：「囉嗦。總之不想再見了。」

女：「那就趕快隱居起來啊！」

男：「搞成這樣，原本我想心平氣和好好談一談，妳偏要搞砸。」

女：「我可無意搞砸。」

男：「好。ＯＫ。話就到此。」

女：「……說完啦！」

男：「怎麼還在恍惚？」

女：「就像秋天的天空，到處都是恍惚和藍天。」

男（爲分手成功而高興，變得溫柔）：「今後無論在哪裡碰到，都要像朋友般輕鬆地打招呼吧！」

女：「這個就隨你高興了，我是不會打招呼啦！」

男：「還那麼在意啊！」

女：「我要回家了。也許獨自想一想，會比較釋然。」

男：「像妳這種不哭的女人很少見。——當然，這樣比較令人感激。」
女：「因爲不是値得哭的事情。」
男：「這般等閒看待啊。」
女：「現在才明白，原來我一開始就不曾愛過你啦！」

例二——哭泣型

男（邊哭）：「眞對不起，說出這種話。雖然沒打算要說，但卻說出口了。分手，多麼……忘了我吧！這種事。我說的話……（邊看對方的反應）……既然已經說出口，就不能收回來。是不是？是吧！」
女（邊哭）：「好啦！……好啦！不要管我。」
男（邊哭）：「爲什麼？爲什麼？爲什麼說不要管妳？」
女（邊哭）：「因爲，想一個人好好想一想這些話。」
男（邊哭）：「啊！不可以這樣說。我們兩個人，仔細想一想，爲彼此將來的幸福，不能不想。我在說出那些話以前，也是想了很久、很久。」
女（邊哭）：「有爲我想過嗎？」

男（邊哭）：「是的，我根本不考慮自己，完全都是爲妳著想，一直想，一直想到底。但是，無論如何也找不到一個完美的結論。爲了妳的幸福，我除了退出外沒有更好的辦法。」

女（邊哭）：「我不要你退出。」

男（邊哭）：「也許這句話不好聽，但是我一切都是爲了妳的幸福。我在的話，妳就得不到幸福。」

女（邊哭）：「沒那回事！」

男（邊哭）：「有那回事。我只會讓妳受苦，沒有給妳任何幸福。跟著我，妳只會變得不幸。」

女（邊哭）：「沒那回事！」

男（邊哭）：「有。妳眞是遲鈍。正因爲這樣，所以我才不要這種笨女孩。」

女（已經不哭）：「你說我是笨女孩、你說我是笨女孩。好。分手吧！我不想再看到你那張臉。再見！」

例三——沉默型

女：「哎！爲什麼不說話？」

男：「…………」

女：「對我感到厭煩了嗎？是嗎？」

男：「…………」

女：「你說想分手嗎？眞是太過分。我對你全心全意付出，眞是太過分。」

男：「…………」

女：「好歹也說句話啊！我已經瞭解你的本性了。想分手，是吧！想解脫，是嗎？」

男：「…………」

女：「好啦！現在也不必回答了。就這樣分手，再……再見！來握個手吧！」

男：「…………」

《明星》昭和三十年十二月-三十一年十二月

結束的美學

婚姻的結束

結束的問題，若只是肉體關係，一般認爲肉體關係遲早要結束，既然要結束，與其拖泥帶水，還不如切得乾乾淨淨比較好。因此，俗諺說「若能好好結束，一切都沒問題」。

若是在結婚的情況下，由於一般認爲婚姻是一輩子的承諾，被迫結束就叫做離婚，所以無所謂拖泥帶水，也無所謂切乾淨的問題。無論以哪種方法分手，面子難看都是無法改變的事實。

有結婚典禮，卻沒有離婚典禮，就是最明顯的證據。高調從大門堂堂進去的兩人，到離婚時圖章一蓋，就好似從後門偷偷摸摸走出去般。

其實，既然已經走到如此地步，何不把參加結婚典禮的賓客再次邀請到同一地點，同樣饗以筵席，進行一場倒帶典禮，雙方各捧著半個蛋糕進來，啪！合成一個以取代從正中央切開的結婚蛋糕，邀請離婚證人取代介紹人來致辭，取回各自的戒指，把華服換成平常服，各走各的門出去，來賓以熱烈掌聲歡送，然後拜拜！莎喲哪啦！話說回來，我們從來就不曾聽過有這種派對。

當然，這也有經濟上的考量。

其實，當初在結婚典禮時，什麼白頭偕老、百年琴瑟之類的話講得太滿，二、三年就玩完了，導致拉不下臉來才是最主要的原因。縱使毅然決然採取所謂「契約結婚」那種期限婚姻的大牌明星，當期限一到，態度也是相當不明確。

實際上，那種綁住人的契約，就算好萊塢最受歡迎的明星，最長大概也是十年左右，之後若是雙方有意願，再換約就可以。

我們這種筆耕者的契約，三年大概是最長了。

因此，結婚得天常地久到白頭偕老，就契約而言實在太久，也很難成立。大體上而言，也不曾聽說有人抓住契約後五年就開始發胖的太太，提出違反契約的控訴。

我認爲，長長久久直到金婚[1]的婚姻，其間彼此也是在沉默中，換過一次又一

1 歐洲風俗指結婚五十周年。

次的結婚契約吧！

「如何？再繼續下去吧！」

「是呀！小孩都上小學了。」

「啊！今後也這樣下去吧！」

「雖然不太滿意，也就這樣繼續下去吧！」

當然，不可能會有如此的對話，但卻總會以眼神和身體相互確認，總會相互同意，就這般更新過好幾年的契約。

不過，不說出口才是箇中妙處，夫婦間「一說出口就完了」的話題有很多。

雖然婦女雜誌上好像有說到，夫婦間唯一的牽絆就是性的牽絆，然而新婚蜜月期過後，若說性是那般無法逃避的羈絆，實在令人無法信服。其結果所謂夫婦還是得有如是的想法——

「這一輩子，俺的身邊……好像就是這個女人了。」

「這一輩子，我的身邊……好像就是這個男人了。」

在這短暫虛幻的人生，至少要有一個看似溫暖的根據，讓彼此相互取暖，說為了孩子，根本都是藉口。

實際上，原本成爲夫婦就是結婚的目的，「爲在一起而在一起」才是眞正的事實。有一派鼓吹「爲藝術而藝術」的藝術至上主義者，而世間的大部分夫婦，都是那種結婚至上主義者。

因此，若不是死別卻由於糾葛而生離的話，我們不得不說，是失去人生的信念。

「電影大概一個半小時結束。」

「用餐大約一小時結束。」

「性行爲也是一小時內就結束。」

「酒吧晚上十一點打烊。」

「唱片單面也大概三十分就結束。」

雖然認爲婚姻是例外，若是「婚姻也是二、三年就結束」的話，婚姻和唱片、電影，不過就是時間長短不同而已。

如此一來，世上就沒有所謂珍貴之物，沒有値得認眞努力、忍耐的事情了。

天主教禁止所有理由的離婚，就是因爲看清了這個道理吧！

動物園裡，經常可以看見關在同一個籠子，一對雌雄動物露出無精打采的表情，動物也一樣，好像雌雄共住、供給豐富食物的，比起自由而飢餓的更長命。

所謂自由而飢渴，若是二十二歲的話，就是浪漫而精采；若是四十歲的話，等於襤褸；若是五十歲的話，看起來就宛如瘋癲。

離婚時，無論男女都會燃燒著一種很大的解放感，再次回到「自由而飢餓」，彷彿重溫青春的感動。然而，旁人看來他們既不浪漫，也一無所有。因爲，青春是回不去的。

完美結束婚姻的最好方法，就是至今都不告訴任何人已婚之事，我就認識一位幾十年來都如此的男士。若沒勇氣舉行離婚典禮，從一開始就不要舉行結婚典禮。

因爲結婚典禮及結婚喜宴，並非法律所規定。然而，人類這種動物的思慮往往不會如此周到，爲了有一個完美的結束，而事先留下伏筆。

電話的結束

依據某商社總機的調查，結束電話時最多的用語，就是「どうも」[1]。男性有九成、女性有七成使用這句：「どうも」。

這眞是一個曖昧不明的日本式含蓄用語，用起來非常方便，也有些傢伙會模仿司儀的口吻滿口：「どうもどうも」。這當然純粹是個人的好惡問題，但我覺得，以「どうもどうも」來結束電話的男人，讓人感到不愉快、很想宰了他。

輕浮、沒誠意、自以爲是、沾沾自喜，我無法理解，電話公司怎麼會讓那些以「どうもどうも」來結束電話的人，使用電話呢？

雖然只說「どうも」是還好，但是沒做什麼不好的事卻說「對不起」和沒受到

1 音DOUMO。日本人崇尚曖昧，追求「以心傳心」，省略的表達方式很常見，因此這個副詞「どうも」就獨當一面，作為寒暄語使用。「どうも」根據使用的場合，彼此的關係，以及使用的語調和表情，把表示見面的喜悅、占用對方時間的歉意，甚至把剛才多有失禮等的含意都承擔起來，表現了「曖昧」的極致。

什麼恩惠卻說「實在是……」，不都言過其實了嗎？

還有一開頭就從「以電話聯繫，眞是失禮」開始，然後以「那就失禮了」來結束電話也很奇怪。若眞覺得很失禮，那就不要打來啊！——這是我想說的話。

依據同一家商社的調查，男性結束電話的用語有「那就失禮了」、「失禮了」、「實在是……」、「那麼就……」、「那麼」、「那麼再見」、「辛苦」、「辛苦您了」、「請再聯絡」等，女性使用的結束語也是大同小異，只是多加「那就再說」、「對不起」而已。

其實他們的含意，就是「我可是很賣力爲社會的齒輪灑上潤滑油喲！我的齒輪可沒生鏽喲！……」也因爲有如此的意味，那一雙雙銳利的眼光也無從責難起。

這當然是商社的用語，用於商務的聯絡也比較多吧！所謂「那麼再見」，出乎意料之外，也許會有「奇怪！像你這種小氣鬼，再也不想見啦」的含意吧！

男人經常會因工作至外地旅行。上班族經常會出差。

在旅途中，單身的男人想打電話給女友、結婚的男人想打電話給妻子，這大概是共通的習性。

我想，大家都有過這種經驗，通話時都還算愉快，但說說笑笑到最後，女方

（說此話的必定是女方）突然冒出一句：

「那麼，請慢慢享受。」

「那麼……算了。莎喲哪啦！」

最後，總要說上這麼一句意義不明、故弄玄虛、好像有什麼陷阱的話，然後就把電話掛斷。

縱使用語本身沒有陷阱，一句「莎喲哪啦！」的音效，氣氛頓時改變，總覺得不吉祥、令人打寒顫。一場非常愉快的談話，因此立刻翻轉。

電話掛斷後，最後那句話，彷彿千斤重的砂石壓在心頭，瞬間，一切都變得無趣了。男人這種傢伙是很任性的，出外旅行享受自由和解放，爲了想進一步確認這種幸福感，從話筒中呼叫在家的女友或妻子，爲此反而落得幸福感崩盤，一種莫名的忐忑湧上心頭。

從門廊放眼湖面，湖中小島上，松樹的樹梢上掛著一輪圓月，月光照在新榻榻米的接縫上，剛剛才洗好澡，酒也送來了……如此美好的情境，在瞬間變成乏味的灰色世界。全是因爲電話中最後那一句話，而成爲奇怪的變調。

「到底怎麼了呢？該不會隱瞞什麼事而不說吧？難道發生了什麼不想讓我知道

的怪事！還是對我有什麼怨懟呢？只是想藉這次從外地打電話回去的機會，把毫不留戀的感情含蓄表達出來嗎？」

若是如此，再打個電話確認一下比較好吧！不過事關面子問題，加上只以聲音來確認，實在無法安心。電話傳聲這玩意兒，就是具有如此擾人心境的力量，宛如神龍見首不見尾的忍者。

如此擔心來擔心去，整顆心都被忐忑不安給鎖住，回家一看，她大抵上都若無其事。

「唉呀！我說過那種話嗎？」

「說過啊！那到底什麼意思？」

「沒什麼意思啦！該不是你神經過敏吧！」

電話中的最後一句話，有如刀刃刺進咽喉一般，她卻全然不自覺已經刺中人家的咽喉，此時，恰好有一隻貓在暖桌上打了一個大大的呵欠，注意力就被轉移了，也許只不過是說些奇怪的話而已。

電話中的最後一句話，有時甚至會左右一個人的命運。「是嗎？喔……」鏘一聲就掛斷電話。那種聲調、還有這個「……」的效果，就足以把對方逼到自殺。

此時，電話就成爲一種心理上的兇器，那種會以殺人閉幕的對話，就是巧妙發揮人類用詞遣字、聲音、抑揚頓挫的總體力量，此外還留下「看不見臉」的這個謎團。

影像電話的時代到來後，電話的結束，將如電視劇的結尾打出「劇終」後緊接著廣告，有如以熱鬧的廟會當做結尾，那種心理恐怖的餘韻就消失了。

尚．考克多[2]的戲劇《人之聲》裡，描述不斷以電話來報復不忠戀人，最後終以電話線繞頸自殺女人的故事。女子臨終前在電話中呼喚看不見戀人的最後一句話竟然是：

「掛斷！快點掛斷！掛斷！我好愛你。我愛你，愛你……」

2 尚．考克多（Jean Cocteau 1889-1963），法國詩人，身兼小說家、評論家、劇作家、畫家、設計家和電影導演等多重身分，主要作品有劇本《奧菲斯》和電影《美女與野獸》。

流行的結束

數年前的夏天，銀座出現提供客人跳猴舞[1]的電吉他店，我覺得實在有趣，著迷到一週之間去好幾次。不過，與其笨拙地跳猴舞，我寧可坐在椅子上看大家跳舞的模樣，還更覺有趣。

獨自一個人來，自己獨個兒跳兩小時，再獨自回去的人還不少，這和溜冰倒沒什麼差別。

原本剛才還發呆黏在椅子上，露出世上沒有新鮮事（近來年輕人特有的無內涵、無感動）神情的傢伙，突地站起來，下巴一挺、雙手輪流往空中猛抓，曲著上半身、屁股往後搖，好似開始打起蒼蠅般，瞬間陷入激烈的陶醉狀態，光是看人們這種驚人的變化，我就覺得真的、真的太有趣了！

我和一個相識的經理人閒聊：

「你怎麼看呢？這流行……大約就是一個夏季吧！買賣還是見好就收，才是聰明之舉吧！」

一聽此話他答：

「是嗎？我想今年一整年都會持續下去。」

不愧是專家，確實就如預料般，電吉他果然流行了一整年。那一年的年底到翌年的新年期間，才突然露出退燒的徵兆，電吉他那般強大的高壓電流也轉為弱電力了。

如同這般，曾經風靡一時的布吉伍吉（Boogie Woogie）、搖滾樂、扭扭舞也都煙消雲散。女性服裝的流行也一樣，公主式不見、傘狀洋裝也不見了。

我的腦海裡，那優雅反摺在後方延展的公主式外套，和沒落華族[2]千金小姐殘留在時代中美麗又寂寞的最後身影連結；傘狀洋裝和時尚女性到處謳歌、留情的姿態結合。

說到曾經風靡的布吉伍吉，全身包裹著豹紋皮衣在狹窄日劇舞臺瘋狂舞動，邊

1 Monkey dance，一九六五年流行於日本，舞態粗俗狂野。
2 有爵位的人及其家屬，二戰以後該制度已取消。

吼著「在叢林、在叢林，……吼！吼！」的笠置靜子，那從戰後混亂中產生的放浪形骸；還有以「火雞伍吉」反串男角，全身充滿肉體美的姿態、潑辣舞動的京町子，這兩人立刻就會浮現在我眼前。

雖然我也有點年紀了，不過現在讀到這篇文章的各位，假如哪一天說出：

「以前有一種有趣的電吉他音樂咧！」

「啊喲！阿嬤，那太落伍了。」

那就會被孫子取笑了。

一切的流行，有如櫻花凋謝般，毫不留戀就消失了。流行，確實是一種淺薄的皮相，也是動物所沒有的現象，呈現人類文化和文明的某種本質。

我們不曾聽說因爲今年流行花貓，附近的貓就全部換上花貓的皮衣，也不曾聽說小狗流行「喵～」叫聲時，無論牛頭狗還是絨毛狗，一起都來喵喵叫。

也就是說，動物被自然條件所限制，人類的最低生活只要被自然條件所限，就不會產生流行。

人類違反自然，身上穿戴各種物品、又唱歌又跳舞，由此生出流行。

那麼，爲什麼流行很快就結束呢？因爲厭煩。那麼，爲什麼一厭煩就捨棄呢？因爲縱使捨棄也不痛不癢。

縱使對嘮叨囉嗦的老父感到厭煩，但若捨棄的話，生活就會陷入困境；電吉他兒子、電吉他女兒也只能忍耐，不過也僅僅止於把雙親當成「跟不上流行」的最大象徵。

然而，流行的奇妙之處，在於有如家臣討厭主人，不斷地，一個主人換過一個主人。

若是明白主人討厭家臣，不斷地開除過一個又一個的道理的話，那麼流行當頭，膜拜之、崇拜之、尊敬之，將身心靈全都奉獻的那一方，突然情勢一變，立即轉到其他方向的道理也是完全一樣。

如果一直都穩坐流行寶座，完全不明白自己爲什麼會被厭煩，那非得悄悄讓出寶座不可。

自己在被厭煩之前，能夠隱身在優雅的流行中是少有的事，要得到如此稀有的幸運，只有猝死一途。也就是范倫鐵諾[3]之死、詹姆斯・迪恩[4]之死、赤木圭一郎[5]之死……這些人不可思議到已經不必擔心會被厭煩。所謂「不退燒的流行」，也就是突然一下躍至人們伸手不可及之處，而成爲神。

乾淨之物必定被弄髒，雪白的襯衫必定會成老鼠色。雖然殘酷，但大家都知道，世上新鮮、清潔、純淨之物無法永存。因此，急匆匆地、狂熱地愛它，也因爲那個愛在轉瞬間，就會被手上的油垢弄髒。

但是，無論再怎麼膚淺的流行，在其結束的同時，大家也把自己的青春和狂熱的部分，隨著那流行一起埋進時間的墳墓。無法重返的不只是流行，狂熱的自己也無法再次重返。

你把蚊子緊握在手中，此刻已不再擔心被咬。但是，嗡嗡叫的蚊子和你所在的喧囂世界，也是同時結束的。

3 范倫鐵諾（Rudolph Valentino 1895-1926），默片時代的「電影皇帝」，因心臟瓣膜炎去世，年僅31歲。他的葬禮使大半個紐約交通癱瘓，更有一些影迷自殺身亡。

4 詹姆斯・迪恩（James Dean 1931-1955），著名美國電影演員。一生僅主演過三部電影，雖英年早逝，但其叛逆不羈的形象已成經典。

5 赤木圭一郎（1939-1961），日本影壇青春動作派巨星。

童貞的結束

對男人來說，一般情況下「童貞的結束」並沒什麼好感傷。童貞的結束，與其說結束還不如說是開始，等同開始抽菸啦！開始喝酒啦！「童貞的結束」，有些男人覺得很美味、也有男人因出乎意外而覺得很難下嚥、也有男人覺得那味道略帶苦味。總而言之「童貞的結束」因人而異，有滿心歡喜、也有小小歡喜，有嘲弄般冷笑道：「哼！原來是這一回事」，也有絲毫不感動的。至少，和感傷是扯不上關係。

若是有所謂「童貞學校」的話，畢業典禮的夜晚一齊失去童貞，那天早晨的畢業典禮上唱著驪歌，手牽手向童貞惜別，手帕也濕了……如果有這種事情的話，應該沒人會想進入那種傻呼呼的學校，也可能會是全國唯一不是「考試地獄」的學校吧！

男人的世界裡，童貞被認爲是一件羞恥的事，如果一定年紀以上的男人還以童貞為傲，那若不是一個大怪咖，就是扯大謊言。

男性獨特的冷靜沉著、客觀判斷力，多數是因失去童貞才獲得。童貞時期的思考方式，總有因禁慾而產生的負面印象。如同尼采所說：「貞潔，在某些人是美德，也有很多人認為是惡德。」

女人處女的結束，並不是為了認識人生，而是為了參加人生，不過男人童貞的結束，除了參加人生之外，更是認識人生之所必需。因此，會說「只要知道後，不過就是這麼回事」，一定是男人的臺詞。

雖然我在想，對男人而言，果眞有所謂童貞的結束嗎？

童貞的結束，確實是一種對長期熱烈知識慾的滿足，而男人的知識慾也不是到此就結束。如果男人失去童貞就失去一切知識慾，諾貝爾獎科學家就不會存在了。

假設失去童貞時，性知識慾百分之百滿足後，就能夠把性知識慾的全部轉化為高科學知識慾，頭腦變得靈光，全心全意灌注精力於科學研究的話，就非常美好。不過人類卻很難如此，所謂知識慾，是高級慾望和低級慾望的混合，只沉溺在高級慾望中，低級慾望就會像地下水般慢慢積存。終究，人類還是得為滿足低級知識慾而狂奔。

第二次、第三次、第四次……第一百八十七次滿足，也許不像童貞結束那般的大滿足，因爲性質相似，所以只有五十步和一百步的差別而已。因此，男人性知識慾和性滿足的戲劇裡，只是反覆「童貞的結束」，所謂性技巧純熟之類，不過是細枝末節而已吧！

經常聽到舞臺演員說：

「每一天的舞臺，我都當成第一次在努力。」

「抱著『不忘初衷』的心情，努力演出。」

就像這些話！也許男人直到死，都在反覆「童貞的結束」。

也許會被說厚臉皮吧！因爲那裡隱藏著身爲男人的悲劇。

爲什麼呢？因爲性交結束就該如同雄螳螂般被雌性所吞噬，身爲動物的男人，原本在「童貞的結束」時，在生命絕頂完成生物性任務的同時，就處於何時都可以死去的狀態。

然而，拜文明進步之賜，人類這種動物怎麼也不在那時死去。生物性任務結束之後還是活著，而且經常期待再次重返那種生命的絕頂。煩惱高血壓、擔心心臟病、吃維他命和荷爾蒙、喝枸杞茶，甚至吃九龍蟲，無非想回到那生命的絕頂，反覆「童貞的結束」。

但是，那生命的絕頂，其實就是回歸和死比鄰而居的狀態，這就是雄性的宿命。

有生之年，男人就是這般依戀地以人工方式，幾百次、幾千次反覆「童貞的結束」。

不過，除了第一次外，其他都是贋品，對性熟練的男人而言，就好像演同樣的戲，譬如：《父歸》、《沓掛時次郎》等戲劇，反覆演出幾千次，反覆中更加熟練，變成好像不足道的巡迴演的演員般。

那麼，眞正的「童貞的結束」又是如何呢？

那只有在身爲雄性動物的男人，最純潔、最美麗地活著時，遽然死去才會出現。譬如：特攻隊員在出擊前夕，第一次知曉女人之類的情況下。

女人之溫柔、女人之美、女人之豐潤、女人之卑微、女人之短暫……一夜之間，感到眩暈般遍歷。

「原來是這種滋味啊！我知道囉！」

然後，頭腦清醒、安心、毫無遺憾地，在破曉時分出擊，筆直朝著敵方艦艇衝過去。這，才是眞正男人的本色。對男人而言，向生衝撞，亦如同向死衝撞。

然而，如果向蒟蒻衝過去，就非常不光彩。在街頭上，洋洋得意述說失去童貞的年輕人，只是在衝撞不生不死的蒟蒻而已，他的一生，只是在反覆蒟蒻的演技吧！

ＯＬ的結束

ＯＬ的結束就是結婚，在日本是如此。縱使不是戀愛結婚，周遭的人也會百般催促當事人結婚的日本，不太會有美國那種單身女性的悲劇。美國電影中經常出現ＯＬ和百萬富翁結婚的情節，正因那是她們無法實現的夢想，才會屢屢被編成電影故事。

紐約這種大都會，ＯＬ的生活是不會結束的。不管是否結婚，一輩子都是ＯＬ，而且靠工作養活自己的單身ＯＬ，隨著人生幸福的遠離，確實也能掌握工作上的成功。由於薪資高，不但可以存錢，也可以到國外旅行。觀賞過凱瑟琳·赫本（Katharine Houghton Hepburn）主演的電影《旅情》的人，就能理解這種老小姐的生活心理吧！累積小小財富後，就變得愈來愈不相信男人。總認爲，會向自己這種老女人求婚的男人，肯定是覬覦自己的財產。因此變得不相信別人，卻積存不少財富，等步入老境便獨居公寓度日。這些老小姐大概都會養貓或養狗，擁有不必工作也能過活的錢財，一整天待在家中，很想要個朋友，卻連一個朋友都沒有。從早到晚都是獨自一人。其實任何人都好，她只想和人說說話，大雪紛飛也外出到附近的喫茶店，獨自坐在櫃檯喝咖啡。

「啊！好大的雪呀！」

好不容易下決心向男侍搭訕，忙碌的男侍卻沒搭腔。因而，她永久失去一天一次「和人說話」的機會。

我首先以發生在美國的悲慘故事作爲開頭，因爲女性和職業之間的關係，在日本還是被輕鬆看待。月薪袋整包交給老婆保管、如佛祖般慈悲的老公，全世界大概也只有日本才有。日本的ＯＬ只要一結婚，就能取得如此好身價，周遭囉嗦的親戚朋友當然要催促她們趕快結婚。如此一來，她們怎麼可能爲公司的工作全心全力奉獻呢？

日本所謂ＯＬ的生活就是，漫長的晚餐還要等幾個小時才到，那來想一想下午茶時間吧。下午茶也不太會端出什麼豐盛的料理，通常是小小的三明治、餅乾之類。不過卻能愉快地談談笑笑，穿著漂漂亮亮令人賞心悅目即可，順便稍稍說一下不在場人的壞話，當然，也不會有什麼嚴肅的人生大道理，幫忙倒茶、中途接個電話、照顧一下上年紀的客人。然後，發現窗外夜幕降臨，華燈初上，就趕緊起身。街燈的燈光，就好像適婚年齡的警示燈。不快些起身離去，就趕不上回家的巴士了……

不過，聽說OL辭去工作後，有很多人都去當酒吧女侍，聽說銀座女侍的履歷中，曾當過一般事務類OL的，占了百分之七十二。這就是在夜幕降臨時，只是起身下班，卻不急著搭巴士回家，而安身於城市燈光下的最佳例子吧！

終於快結婚而辭去OL，穿著正式和服，到各課室四處打招呼——

「啊呀！眞是看走眼了。沒想到打扮起來這麼漂亮啊！怎麼樣？這麼漂亮的小姐，再留個二、三年吧！」

「討厭的課長。……實在承蒙您諸多照顧了。」

「受照顧的人是我喲！比起我家老婆，妳可是溫柔太多了。不過，妳該不會對未來的丈夫不溫柔吧！」

「討厭的課長。」

這種低級對話，大概是三流公司的對話吧！彼此各懷鬼胎，課長這邊多少有些感傷以及對她丈夫的妒忌。另一方面，課長對這個沒用處、交代事項總是弄錯，拜託她打電話給大榮電機祕書課卻打到大映祕書課，叫她把資料訂起來卻把字都訂住了，叫她拿尺卻拿來緊身褲[1]，總是弄得自己無語問蒼天的她要走了，心中那塊大石頭終於放下，不禁暗自歡呼。

女職員也有自己的想法：那個禿頭課長每次走過來說話，口臭就嚇死人，只要有女孩子在，就愛講那些猥褻的事情，常常自誇高爾夫技術，沒事就賣弄週刊上的知識，眞是噁心死了。一想到要離開這裡，高興得嘴角都合不攏。這讓她看起來愈加漂亮。

某位有七年資歷的ＯＬ，如此敘述公司裡的工作：

「有時我在做統計時，認爲這樣做比較快、比較有效率，對方男性立刻就說：『不要再說！』由於傷到他的自尊心，令他惱怒。時常遇到這種事情，會讓自己處事比較成熟，我認爲討好丈夫，一定很簡單。」

1 日語的尺（MONOSASHI）和緊身褲（MOMOHIKI）讀音相近。

然後又說：

「課長對於煙灰缸裡的煙灰，特別嘮叨。客人一走就得立刻把椅子擺好啦！不可以在水桶上方擰抹布，會弄得水花四濺，所以要在水桶內擰乾啦等等！」

男人都是理論家。舊時軍隊裡，連擰抹布的方法，男人都要教男人。但是，從軍隊回來後，我們就不曾聽過有很會打掃的男人，就算即使當七年ＯＬ也不見得就很會擰抹布。

她們窺視男人的瑣碎理論生活，那是所謂的社會。那是和此後截然不同的生活，因爲實際的生活就要開始了。女性會想：只要一結婚，老公就變成我的人，洗煙灰缸或抹地板之類的理論性事情，全部丟給他去做即可。

尊敬的結束

A——一位讀者的來信

人類不是那麼輕易就能尊敬他人的。一生當中，讓自己衷心尊敬的能有幾人呢？我是上班族的妻子U。我由衷尊敬過丈夫的同鄉N先生的夫人。她是一位美女、很親切、烹飪技術又好、待客更是無從挑剔。她同時也是二個孩子的母親，說得過火些，可以說是日本女性的典範——N夫人。去年年底，她來電話。

「聽說你們新年時要回故鄉，我可以來拜託一件事嗎？」

「若是大的行李就沒辦法喔！因爲第一次回丈夫的故鄉，自己的行李都快提不動了。」

「不是行李啦！只是帶個話。」

「啊！帶話的話，多少都沒問題。我怕忘記，筆記一下。」

「其實啊！是S先生（S先生也是丈夫的同鄉）的太太的事啦！我現在說的

事，回到家鄉後，幫我狠狠地宣傳一下，狠狠地喔！我拜託的就只有這個。」

然後，N夫人就把要我回故鄉宣傳的事，在電話中講了一遍。

其內容，就是前些日子晚上八點左右，N家孩子突然痙攣，想拜託S先生幫忙載到醫院，S夫人竟答道：

「我老公已經在睡覺了。」

她一副不在意的模樣，根本也不想把她先生叫醒。結果，N夫人只好抱著孩子，到處奔走找醫生。

翌日，S夫人來探病，因爲N夫人再也不想見到她，所以二話不說就把她趕回去，沒想到S夫人把這件事情到處說給人家聽，連N先生都知道了，就把N夫人罵一頓——

「人家就只是來探病，二話不說就把人家趕走，怎麼有妳這種人啊？一開始就想要用人家的車子，就是妳不對。不會去租輛車來嗎？趕快去道歉。」

但是，無論如何都不覺得自己有錯的N夫人打算報復，所以要我去傳播惡評。

但在電話掛斷的同時，我長期以來對賢慧的N夫人的尊敬也結束了。

B——給U夫人的回信

妳的來信，我興味盎然地讀完了。

因爲我和那位N夫人未曾謀面，自己無從判斷，不過依妳的來信看來，我想她是一位極爲平凡、到處都看得到，不值得特別尊敬，卻也不該輕視的女性。

孩子發生痙攣，眞是一件不得了的事。她的先生不在家。不去租車，首先應是考慮到花那麼多錢，萬一孩子的病並不嚴重，可能會被先生罵，家計收支也會受影響，所以就打算利用平日施了不少小惠的S家的車子……

至此，她想到的都是自己的方便。只是自己認爲這樣就好，對方的情況完全沒在她的思考範圍。

縱使S先生前一天上夜班早睡，根本叫不起來之類的事情，在N夫人看來，爲了救自己的孩子，任何人都該犧牲。雖然這是身爲人母值得稱道的想法，不過S夫婦並非在亞歷桑納州的大沙漠中，只有一輛車卻見死不救；因爲這裡是不必把先生叫醒，也可以租車或叫計程車的東京。

事後來探病，二話不說等等糾紛，只是些無聊的感情用事。二話不說之類，又不是輪到S夫人發生痙攣，命在旦夕，然後S夫人到處說壞話，也不是N夫人腦出血，盡都是一些無關生命的問題。我明白妳對N夫人尊敬的結束，是因爲發現N夫人竟然置身那些沒營養、低級的無聊事，所以感到幻滅。

然而，妳又如何呢？妳根本就預留一條妳比N夫人不賢慧的伏筆，話說回來，幾次引發、幾次翻攪出這些糾紛的人，不正是妳本人嗎？

那些事，對一個人或一個女性而言，就好像洗衣服、打掃一般，是相當日常且自然的事。妳知道N夫人和自己的水準一樣，就失去對她的尊敬。

大致上，妳一開始就說N夫人是「美女」，最後又說是「賢慧」。這眞是奇怪的想法，難道妳認爲「美女就是賢慧」的法則嗎？

有所謂「無腦美女」的用語，而妳也知道並非所有的美女都是傻子吧？妳是因所謂的「美麗而又賢慧」，才會尊敬N夫人吧？那是妳的高估，其實，妳對N夫人只是美女就已經滿足了。

美，當然値得尊敬。只要對方長得美，就算傻子也無所謂，女性對於同性有種不可思議的矛盾。當然，對美的憧憬也帶有嫉妒的成分，只爲了滿足自己的尊敬之心，以極盡嚴苛的條件來要求這位美女。因此，美女遲早會被抓到小辮子，所以突然之間，尊敬就結束了。

聽說在種種就職考試中被列舉的頭號尊敬人物，第一名就是非洲的史懷哲（Albert Schweitzer），他之所以被尊敬，有其各種優勢。

第一、他是老人；第二、非洲很遙遠，誰都很難跑到非洲大陸去。只要太過接近，應該沒有挑不出缺點的人。毋寧說是：「因爲那個人和我同樣水準，所以尊敬他。」

學校的結束

學校的結束，不必說也知道就是畢業，女校還不至於發生畢業典禮一結束，就去圍毆老師的那種暴力事件。但是，這未必就意味著女性不暴力。

「不久就要結婚、就會有孩子，若是女孩的話，還會送回母校讀書，看起來這群老小姐會很長壽的樣子，如果現在和她們吵架，以後可能就虧大了。」

我想女性多半持有這種先見之明，而男人就很難有這種先見之明的思慮。

女學生對學校和老師應該也有積怨，以前也曾有在畢業時縱火燒母校的女性，那當然是例外，大部分女性，都還是充滿甜蜜的感傷離開學校的。

所謂學校的回憶，到底爲何呢？好像大家一輩子關於學校所做的夢，都是在考試。連離開大學已經十九年的我，最近還會陷於考試苦於作答、擔心不及格的痛苦夢魘中。能夠再當一次大學生當然很高興，因爲出了社會又特地重返大學，早已沒必要接受考試，我卻一廂情願夢過好幾次。連做這種夢，考試的恐怖陰影依舊餘波盪漾，夢中還得強要自己安心。

在學校的結束中，再沒有比考試隨之結束更好的了。雖然重返學生時代的慾望很強，總希望重返沒有考試的學生時代。

最近，談論現在學生比以前學生的資質低落很多的議論不斷延燒，不過學生對人生的無知、思想淺薄、自以爲是、天眞理想、虛張聲勢、沒自信……等方面，我覺得以前和現在都絲毫沒兩樣。

學校就像一座思慮不周、多話嘮叨的雛雞籠子，這一點，直到現在都沒有改變，只有鬧不出以往早稻田大學那種大規模罷課這點不同而已。

說得明白些，所謂學校，就是任誰都會變得有些怪異的青春期精神醫院。其實，這是一個運作非常巧妙，絕不讓入院病患（學生）們察覺「我的腦袋瓜怪怪」的機構。

老師當中，也聚集好些一如學生時代「腦袋瓜怪怪」的人，這些老師和那些學生眞是意氣相投。有好幾千人的學校裡，只有幾位老師知道這個祕密，他們經營學校時絕不會讓這祕密洩漏出去。現在，如果公布東大生中有幾成是精神病，也沒什麼好令人驚訝。

所謂考試，就是為讓這些腦袋瓜怪怪的夥伴確信「我是正常」的手續，為此考試題目盡出些和他們腦袋瓜裡奇妙、絢爛的想法不相干的問題。正因為如此，讀書就變得愈來愈痛苦，在這種機構中只要寫出答案，大概就可以安心認為自己正常。

所謂研究會，就是容許稍微暴露腦袋已呈奇怪狀態的聚會。

有一次，我在炸豬排店，不經意聽到研究會後，老師和一群學生邊吃炸豬排邊交談的對話，其中一個活潑、漂亮的女大學生，大聲說道：

「老師！我還是認為歌德[1]在寫《浮士德》第二部時，思想後退、徘徊在神祕主義的見解……」

啃炸豬排的話題竟然是《浮士德》，多麼不搭調。其實，我也正在啃炸豬排，所以也不敢說大話，悄悄瞥一眼，那女學生一身嫩草色毛衣緊繃著胸部的模樣，眞是美麗又帶些年輕的天眞爛漫，反而更令人覺得悲哀，一想到為何她要邊啃炸豬排邊說那些話呢？我不禁油然升起一種世間空虛的厭惡感觸。

因爲在學校，就是容許這種欠缺羞恥心的事。那也正是學校之所以是精神醫院的理由。雖然現在我仍感到很羞恥，但學生時代自己曾跑到一點都不擅長的法國文學研究室，向教授說：

「老師！我喜歡像郭蒂耶那樣的作家。」

其實正確發音應該是戈蒂耶[2]，我卻郭蒂耶、郭蒂耶亂唸一通，還得意洋洋做出宣言，實際上連戈蒂耶的作品都沒讀過。

對此，法國文學老師正面做出學術性的回答：

「那是浪漫派和自然主義之間的作家，因爲不鮮明，很容易被忽視。」

這般用心的回答，不知爲什麼大學對於腦袋瓜怪怪的學生，非得有社會義務做正面回答不可呢？

這老師該不會是喜歡腦袋瓜怪怪的小夥子，才選擇這個職業吧！

---

1 歌德（Johann Wolfgang von Goethe 1749-1832），德國文豪、思想家。歌德晚年埋首於《浮士德》第二部的創作，與第一部不同的是，個人的感情生活不再是重點，更多的是社會現象，歷史事件以及政治發展。

2 戈蒂耶（Théophile Gautier 1811-1872）法國十九世紀重要的詩人、小說家、戲劇家和文藝評論家。

好，問題是「學校的結束」。學校的結束就是畢業典禮。但是，眞正畢業的人到底有幾個人呢？

所謂眞正畢業，就是察覺——

「學生時代的我，腦袋瓜怪怪的。」

離開學校已經十年，其間我雖然只看電視和週刊，但現在卻認爲敢說「因爲大學畢業，所以我是知識分子」的人，腦袋瓜就是怪怪的，因此對他或她而言，我只能說，學校一直都沒結束。

美貌的結束

巴爾扎克說了一件可怕的事，那就是「希望只有在過去」。

人生中，最空虛、最淒慘的事是什麼呢？那就是「以前曾經……」、「以前曾經很漂亮」、「以前曾經很強壯」、「以前曾經很有名」等等，雖然還活著，自己的所有優點卻全部都使用過去式。

若是已經死了，使用過去式自是理所當然。如果現在進行式的小說或戲劇裡無論如何，還是會寫成：

「古時候的克麗歐佩托拉非常漂亮。」

直到死去時，還是非常漂亮的克麗歐佩托拉，歷史上也絕不會寫成：

「啊！好漂亮的克麗歐佩托拉啊！」

過去式，就是死去的文法。

另一方面，若說：「我也曾經年輕過。」

是否還是那般空虛、悲慘呢？我並不認爲如此。年輕是自然現象，爲萬人共通的現象，並不是哪個人獨有的優點。隨著年齡增加，當然慢慢就不年輕。所謂「曾經年輕」，單純只是敘述事實罷了，和「昨天是好天氣」完全一樣。

但是，「曾經美麗過」和「曾經年輕過」卻有明顯的不相同。因爲年輕的移轉是理所當然，美麗應該有更絕對的價值。

然而，人類是生物，不是大理石。人類顯示的價值，有榮枯盛衰也是莫可奈何。若說女人是年輕和美麗的結合，男人就是年輕和力量的結合，眞是莫可奈何啊！

不過，男女的這種差異，無論如何都在不公平中糾纏。男人的力量也會隨著年齡而衰弱，三十歲以後，想更新游泳競賽的世界紀錄就很難了，連數學上的大發明，大抵上也是止於三十歲前的二十多歲。但是，力量這種東西，可分爲各種各樣的有形無形之物，男人可以隨著肉體力量的衰弱，漸漸巧妙地用別種力量來頂替。所謂社會力量、經濟力、政治權力，無疑地也能讓八、九十歲步履蹣跚的老阿公，仍然握有力量。男人的世界，即爲有各種力量相互競爭的世界，成功者會隨著年齡巧妙地替換力量，簡言之，十八歲到八十歲，都有應對那時期那年齡以發揮最大的力量。

不過，美貌呢？

這是唯一的、僅有的、無可替換的種類。第一、當然得是有形之物，無形的美貌根本不存在。所謂看不見的美女，就是一種語言的矛盾。隨著年齡的增長，當然有所謂精神美的增加，可是露骨地說來，五十歲的美女就是敵不過二十歲的美女。

如果年方二十歲，又是一位美女的話，簡直就是集上天恩寵於一身。美女和醜女的極端階級差異，不是美男和醜男之間的階級差異所能比擬。

不過，美貌如同無可替代的寶石、半衰期短暫的放射性物質般，不同於力量有替代物，美貌就只有那麼一種，無法隨著年齡，一個接一個巧妙替換。而且年輕時候，對同性而言，是一種非常想得到的不公平恩惠，往後的一生當中，得以十倍、二十倍來償還不可。

有時，如同萬里晴空突然出現一朵雲般，美麗的她眼角下出現一條小皺紋。她認為一定是昨晚沒睡好。事實上，小皺紋隔天就消失了。她暗忖說不定那條小皺紋只是自己多心。二、三天後，又在另一隻眼睛下方，清楚出現一條小皺紋。這一定也是自己多心吧！但是，過了十天、一個月後，還是沒消失。她以按摩和化妝，和這小皺紋戰鬥。最後，她終於覺悟這是道道地地的皺紋，只好好坐下來，踏出這一輩子最初化妝的第一步。

在政治崩壞時期，國王死亡時會密不發喪，一直都在營造國王好像還活著般的詭計。那時的她就像這樣，隱藏、欺瞞美貌最初死亡的徵兆，下定決心盡可能延長美貌死亡的發喪。表面上看起來，就像國王還活著。

然而，世間有那敏銳的人，說出：

「國王已經不在世上了，不是嗎？」

這個傳言到處口耳相傳，最後不得不公布真相。

美貌的女性也是一樣，再延一年還沒問題、再延一個月還沒問題、再延一天還沒問題，直到死去都錯失發表美貌結束的時機。

「何年何月何日，

×山×子小姐的美貌死去。」

換言之，美女的一生終究得死兩次——美貌之死和肉體之死。第一次的死真是恐怖之死，只有她自己知道死亡的日期。

所謂「原本美貌」的女性，並不像荒廢的名勝古蹟那般沒風情。到處立著「原本美貌」、「美貌遺跡」、「美貌之唇遺址」的立牌，亂草叢生，風聲中帶著無盡的遺恨。那亂草之上，今日花樣年華的情侶相互擁抱，年輕人對女子說道：

「妳好美啊！」

於是，風帶著恨、帶著令人毛骨悚然的回聲，那回聲經過好幾次轉折後，擴散出去。「妳曾經好美啊！」、「妳曾經好美啊！」、「妳曾經好美啊！」……但是，年輕女子好似在嘲諷那回聲般，喊著：「我、永遠、好美啊！」

書信的結束

在日本，書信結束時，男人以「敬具」或「匆匆」，女人以「惶恐」等頗具古風且便利結尾語作爲結束，英語除了「Sincerely yours」外，還有諸如：

××××××××

這就是吻的暗語，如右邊那般，就是送上八個吻，也有解釋爲八十個吻，不！也可以是接收到八百個吻。

書信，特別是一封長長的、從遙遠國度而來的信，那麼結尾語就像船要出港時所揮動的白色手帕，當然有其必要。這恐怕不是小學一年級的作文所能寫得出來的吧！

「昨天已經到了三藩市。今天一整天都在參觀。金門大橋非常壯觀，令人嘆爲觀止！現在我們要去漁市場的餐廳吃晚餐了。再見！」

這種結尾語不就好像是說「隨便你了」嗎？

其實小說家的書信，出乎意料的差勁。並非因爲拿不到稿費才不用心寫，而是經常寫小說的人，下筆都盡可能客觀，所以養成壓抑感情的毛病，就算只是兩人之間的書信，也改不了那種毛病。

「期待再相會之日！」

雖然不管對方是否同意，這倒是一個不錯的結尾語。沒有強烈的約定，未必要約定相會。也許在人生旅途上不會相見，卻有上次相會時很快樂的言外之意。洋溢著一種對人生、對他人，沒有過多貪婪期待的聰明又純潔的人格。只吃八分飽，又有種意猶未盡的感覺，是人生的無上美味。

「我想一定要和您再見面！」

這種結尾語帶有些威脅。如果對方認爲「根本不想再和你見面」，這種結尾語就成了自以爲是的丑角了。

「回到東京，立刻就見面吧！」

這種結尾語，如果是親近的友人也就罷了，情侶的書信就顯得生疏。如果是情侶，一定是「回去後非常想見面」，還特意那樣寫，不是沒信心，就是愛得不夠吧！

「請向令堂問候！」

這結尾語的好或不好，因時因地而定。

如果在一直情話綿綿的書信當中，最後的這句話會把只有兩人的氛圍破壞掉，這就好像老媽媽用托盤端著大福餅、茶水，突然出現在兩人的房間。

方才的低聲私語好像都變成假的。

若是已經訂婚、已近婚期的話，那就沒什麼不好，這句話，也可以窺視到他或她體貼的心意。

「請向府上的小貓咪問好！」

這是對喜愛貓咪人士的結尾語。對於那種會轉告愛貓：「喏，○○小姐寫著，說要向你問好喔。」這樣的人，這正是一句很合適的結尾語。

有一句並非書信用語，而是能狂言[1]所使用的招呼語，只用於冬季的招呼語：

「永日爲春！」

這是我最喜歡的結尾語。在此，有等待永日是春的心，以及如同季節的運轉、絕不強求、極其自然再相會的期待之心，兩者合而爲一。一切就像應該會到來的春天般，帶著開朗、淡泊的小小希望。

不過，現代日本語大概已經窮途末路，所以才會以Ciao[2]來作爲結束吧！

有一個美國人，寫給我的信的結尾若是把我的姓名寫成：

「魅死魔幽鬼夫様[3]」

此時，他的心情必定大好，心曠神怡、帶點惡作劇，才會如此寫。

若是他寫成：

「三島由紀夫様」

1 表演形式簡潔嚴謹、對白也獨具古典韻味的能樂劇中，穿插一部分喜劇情節的狂言。
2 Ciao是義大利打招呼用語，意表Hi，也可表Goodbye。
3 這幾個字與「三島由紀夫様」的讀音，同為MISHIMA YUKIO SAMA。

大抵上，是他心情不好、焦慮不堪時，整封信也是呈現如此的氣氛。因此，我讀完信後，看到「魅死魔幽鬼夫樣」，心情也頓時開朗。

書信就像從遠方而來的一葉小舟。也有那種讀過幾十遍仍覺精采的信，但是大部分的信一讀完，就成爲無用的廢紙，隨著其他事情一起埋入記憶之中。用帶點哲理的譬喻來說，書信終究不屬於我們所有。那只是在我們的感性和理性所發生的一點小事情，隨後又消失。換言之，我們將穿過空間之海而來的小舟讀過不久，它又隨之流向時間之海，也就是忘卻了。如同布施餓鬼的燈籠般，漂在水上忽隱忽現，然後，愈流愈遠。

那個已遠去燈籠的燈影一閃一閃，讓岸邊的我們留下難以忘卻的回想，那就是信中的結尾語。

「工作堆積，我擔心您的身體受不了。」

「很想早一點見面！」

「我感到非常寂寞。爲什麼啊？」

「一直等待、一直等待再見之日，都快生病了。」

「若不寄錢來，我會死。」

「總之，小心自己的身邊。」

「眞是討厭的人啦！」

這些就是各種好好壞壞、卻非常有效力的燈影在一閃一閃。

戲劇的結束

戲劇的最後一天，華麗的謝幕、獻花，舞臺上向觀眾告別的人物的前方，緩緩降下的刺繡布幕的影子……然後在舞臺上，工作人員充滿感動、不斷地相互握手和擁抱。

「謝謝！」

「謝謝！」

作者、導演、演員們、舞臺總監、道具人員，大家相互握手，最興奮的女主角和作者、導演擁抱，抱在胸前的花束蓬亂，雙頰的獻吻如雨般落下。有一次，我看到某女星在過度興奮感動之餘，謝幕後穿著美麗的衣裳精疲力竭坐在舞臺上，喜極而泣的淚水讓她哭花了眼，但她仍不斷向大家一一低頭致謝道：「謝謝！謝謝！」我看得啞然失聲。這，未免也太過火了。

然而，所謂成功戲劇的結束，應該是盡在不言中才對。短暫的離別也應充滿愁緒，隱約露出不捨之情。走出幕外一看，觀眾席上的燈已然熄滅，一個觀眾都沒有，好像一個空曠、黑暗的大黑洞，讓人窺見劇場的另一個面貌。牆壁上彷彿還飄浮著觀眾的熱氣、興奮、感動的餘波，隨著越夜越深，急速消失而去。

返回舞臺一看，演員們都進入後臺，道具人員忙碌地卸下舞臺裝置。豪華的客廳，如今只剩滿是灰塵的畫布堆積而已。觀眾眼中遙遠原野、花兒盛開的蘋果園背景，一解除燈光魔術、摺疊起來後，就像連環紙話劇般的不值錢。

這是一個幻想的完全結束。

我經常以編劇的身分，看著戲劇的結束。戲劇的華麗結束，確實讓我經驗到引發人生哀愁的感覺。

人生要走五十年或六十年，而戲劇充其量就是一個月，正因爲長短不同，在那裡，生命的光輝集中顯現，並也隨同結束時被吹散，兩者非常相像。不過，倒也不全都這麼感傷。

然而，把人生和戲劇弄得雜亂不堪，企圖蒙混世人的眼睛，這種戲劇遲早終究得結束。

「我已經有你的孩子了。醫生這麼說的。」

聽到女方突然說出這話，慌張的男子低聲下氣，懇請她把孩子拿掉。

「你認爲人的生命價值是什麼？雜誌上也有寫啊！第一次懷孕就拿掉，最不好。」

她毫不聽從地說出略帶威脅的話後，又抱怨起孕吐很嚴重、一直想嘔吐等等。爲難至極的男子，決定選擇結婚形態中最不好的「先上車後補票」，她僅向幾位朋友公布兩人的婚約，突然躺了二、三天後，她就宣告自己流產了。

這根本全部都是謊言、都是演戲，被騙的純情男子，卻無法斷後。

這種戲劇的結束，是一個人悄悄地安靜獨自進行，她的喜悅、她的感動和大成功的戲劇一樣，她巧妙地欺騙了觀眾。

她一個人獨自沉浸在興奮、感動之中，因爲沒人來獻吻，就輕輕吻一下自己的手背。

然而，無論這種戲劇的結束，還是任何一種戲劇的結束，不是都會有靈魂附身在那空洞洞、黑漆漆的深夜觀眾席四周嗎？所謂的戲劇演出順利，不也和人生那大大的、空洞洞的虛無連結在一起嗎？

另外，也有人身邊的一切事情都是假的，住址、職業、年齡、姓名都是捏造的，爲的是貪圖人生戲劇中快樂的男人。

以前，有個不認識的男人寄給我一封信——

「過去一年，我以三島由紀夫的身分，在新宿的酒吧留連，非常受女人歡迎，屢屢留下快樂的回憶，在此向您深深致上謝意。因爲就快露出狐狸尾巴了，我想，這場戲也該結束了。但是，絕對沒有白吃白喝、金錢上的糾紛，請您不必擔心。」

收到這樣的文字，讓我懊惱地重重跺腳。首先，是什麼理由讓那個冒牌貨比我這本尊，還受女人歡迎，眞是不愉快啊。

但是，無論這個男人如何飽嚐快樂。而我自己對世間戒愼恐懼，完全無法模倣。那也是令人生氣之一。

雖然這男人演的戲結束了，極爲成功地結束了，自己餽贈自己祝福的花束，還笑嘻嘻細數一年來的戰績，最後，還是免不了感受戲劇結束時，整理大道具積滿塵埃背後的落寞吧！

戲劇，因爲有被欺騙的人（觀眾）才能成立。戲劇無論多麼酷似人生，和人生不同之處，在於有爲了被欺騙的觀眾付錢買票進場。

那個懷孕結婚和冒牌貨的故事，把戲劇帶進人生中，欺騙了不想被欺騙的人，這一點可是嚴重違反戲劇的規定。

然而，不管違不違反規定，戲劇必定要結束，布幕必定要降下，觀眾必定要離去，就這一點來說，人生的結束和戲劇的結束，也許並沒什麼差別吧！

旅行的結束

三好達治[1]的短歌中，詩集《春之岬》裡的序詩中，有一首有名詩句如下：

「春之岬 旅行終了的鷗鳥 漸浮漸遠去」

每次出門旅行，特別是坐船旅行時，這首詩句就會在我心中浮現。其中的「鷗鳥」和這一首詩，必定在即將結束旅行的旅人之心，浮現起來後「漸浮漸遠去」。

「春之岬」一詞中充滿艷麗色彩和春愁，遼闊、悠閒的大海上，浮現（請注意不是飛，而是浮）白色點點的鷗鳥，逐漸遠去，因此我們知道船速已加快，但不是帶著希望航向大海，而是返回深灣的港口。再見了，海鷗喲！再見了！多麼愉快的旅行回憶啊！

1 三好達治（1900-1964）日本昭和時代抒情詩人。

如此洋溢著美麗與哀愁的春之船的旅詩，是我前所未見的。而且，這首詩的一切哀愁，就在「旅行的結束」一語中。

實際上，旅行的結束難道總是充滿哀愁嗎？

世間的倫常未必如此，譬如：在湖南電車的上行車廂裡，找個適當時間去搭乘一下就明白了。

那裡可以看見旅行結束、疲憊不堪的男女身影。中年人有中年人、年輕人有年輕人各自疲憊不堪的模樣，眞是有趣！首先，一看就知不是夫婦的男女，從東京出發時想必燃燒著熱烈期盼，男方精力充沛地取悅女方。換言之，兩人肯定是一廂雀躍出遊，經過一、二夜之後，就變成這副模樣了。

男方通常緊閉著嘴，很少說話，或者邊看週刊邊打哈欠，或是發呆望著窗外抽菸，有些神經質地做筆記查工作行程，或是異常狂熱看著體育新聞的摔角比賽，或是無精打采看著一旁的座位，或是用指尖纏繞著領帶末端，對女方不停地搭話，只是：

「嗯、嗯。」

連聽都懶得聽，一派敷衍。

女方通常都精神旺盛，睡眠不足也蠻不在乎，感覺全身充滿力量。喋喋不休說個不停，被拒絕好幾次後，依然一個勁地問對方，要不要吃橘子或巧克力。

「下次，什麼時候見面呢？」

此時，最不該說的話還是說溜嘴了。

或者說出：

「下週日，很想再去個遠一點的地方。」

諸如此類貪婪的話。

他們昨夜確實是熱情纏綿。但是，男方已經讀出自己愛的結論了。以推理小說來比喻，已經讀到完結篇了。一本書讀到結尾，人的好奇心完全被滿足了，書隨即被丟到枕頭邊，讀者就算呼呼大睡，也不會被書抱怨什麼，可是現在對象是人，所以無法依樣畫葫蘆。

「只剩二小時，旅行就結束了，但不陪她一下就回不了東京。啊！若是讀罷完結篇的同時，能夠讓我好好解放一下，以後不知還會多愛她！……」男人的臉上露骨地表現著，連毫不相關的路人都看得出來，只有男人身旁的她，卻毫無所覺。她打從心底洋溢著幸福，把話說個不停，嘴邊的橘子也吃個不停。這種女性看起來很可憐，如果提到分手，再沒比這類型的女性更棘手的了。

當然啦！旅行的結束不僅僅是這些悲喜劇而已。

若是戀愛之旅的話，歸途的列車上、歸途的船上，期盼只是獨自一人。在旅行地的車站，和對方道別分離比較有淒美的韻味。旅行也能如音樂般，開始於美麗預感的序曲，結束於洶湧澎湃的終章，才是最高境界。歸途是兩人的話，大概只能是由強而弱的漸降法了。

所以最好還是獨自一人，在好幾個小時的旅途中，思念剛剛才離別的戀人，反芻甜蜜回憶的點點滴滴，或者途中轉搭列車，卻又壓抑下想去探望她的心情，不久，窗外暮色低垂，車到東京時，街燈一下子全亮了起來。那時，心中懷抱著只有兩人的熱情世界，向燈光燦爛的都會歸去，不讓任何人知道。

這也算是精彩的「旅之終章」。

然而人生不是音樂。最美好的高潮，不會剛好終結在最好的狀態下，這就是所謂的人生。戀愛之旅或許可以人工的方法來模仿音樂劇，人生的「旅行的結束」卻無法如此。

往昔有齣法國電影《旅途的盡頭》，內容描述晚景淒涼的演員，住在養老院的悲慘情形。若是戀愛之旅的結束，獨自反芻回憶也很快樂；但在人生旅途的盡頭，只能靠著回憶燦爛的往事等待死亡，眞教人情何以堪啊！

最近，我的親戚中有位老人，以八十八高齡過世。他直到死前還在吃牛排，一週三次前往公司大聲叱喝，每週末必定開車出外旅行，死去那一天也是晚餐後和太太、小孩看電視，只說聲：「睏了，我先去睡覺！」獨自前往臥室之後，大約一小時後就死了。

這種情形就彷彿直到死前都還如列車般奔馳的頑強旅行。每個人都希望，自己能夠如音樂結束般美麗、燦爛地死去。不過，若是無法達到的話，那就捨去一切旅行結束的感傷，不要當旅客，只當一輛忠實而無感動的列車「咻、咻、碰、碰」，一心一意地奔馳到終點站，也許是比較聰明的做法吧！

爭吵的結束

夫婦爭吵的結束，如以前的川柳[1]經常出現的內容般，幾種和好方式當中，再沒有比那種大吵大鬧的夫婦和好後的感情更爲濃烈的了，好到連和事佬也大喊吃不消。

但是那種陰陽怪氣、心中暗自盤算、講話含針帶刺的夫婦爭吵，就很難那樣收場了。雖然彼此把憤怒和不滿沉澱在心中，還一起同床共眠，但是雙方應該都不會快樂吧！

夫婦因突發性的爭吵而分手的事很少見，大抵上都是長期反覆冷戰，瀕臨極限之後，才導致離婚的。如果是不曾同居的情侶，爭吵後分手，那麼這輩子也許再也不會相見。因此，如何結束爭吵，是相當心理性的領域。

幽會當中只因爲一些小小瑣事，對方忽然立刻擺起臉色來，甚至連對方爲什麼生氣都不知道。也許是因爲自己一句無心之言而傷到對方內心深處最柔軟的部分，也不一定。

我經常在公園的樹道下等處，看到這樣的情侶，其他的情侶們都是手挽著手走，只有他們兩人，相距約五十公分地走著。那五十公分的距離，隱藏著許多不足爲外人道的反彈、憎惡、怨懟、悲傷。兩人之間隔著有如鐵板的距離走著，實在叫人難以忍受！不過，也正因爲這個難受的距離，同時讓人感受到兩人之間的牽絆。

男人好像故意打了個呵欠。

女人那喀、喀作響的高跟鞋聲，眞是令人厭煩。

這樣的情侶，也到了該回到有家人在等候的家，是該道別的時刻了。

急性子的男人，今天的事如果不在今天解決的話，晚上就會難以入眠。因此，總想趕快抓住和解的契機，這樣一來卻弄巧成拙。

「剛剛不好意思啦！我向妳道歉。」

「沒什麼好道歉的。」

「如果這樣，妳就別再氣呼呼啦，好嗎？把心情恢復一下！」

1 五・七・五音的一種日本詩型，以口語為主，比較自由，多用於表達心情，或者諷刺政治或時事。

「…………」

「我已經這樣說了，妳還不高興啊！」

「哪有那麼簡單就恢復啊！」

「所以啦！我不是說道歉嗎？」

「道歉也沒辦法啦！」

「那麼，妳說該怎麼辦呢？」

「…………」

「咦？妳說，該怎麼辦啊！」

「隨便你，愛怎麼辦就怎麼辦。」

「哪有這種回答啊？不要再擺一張臭臉啦。很不愉快。」

「讓你不愉快，眞是抱歉。我才更不愉快。」

「喂！我已經道歉了。」

「所以啦！不是已經說過沒什麼好道歉嗎？因爲，不是什麼大不了的問題。」

「既然不是什麼大不了的問題，乾脆就說清楚，不好嗎？」

「…………」

「不能乾脆一點嗎?實在是很討厭。」
「我才很討厭。」
「喂!收斂一點!」
這一下,男方當眞生氣了。雖然剛才他明明想和解的。
這種時候的男人,通常會很不可思議地陷入一種焦慮的心理狀態。
這種曖昧模糊的問題,希望在「因爲自己道歉了,所以對方的氣憤雲消霧散」,這是只在男人世界才有的事,要求女人如此做,如同要她「喂!像個男子漢大丈夫,好不好?」是從一開始就矛盾了,男方應該留意才對。
正因爲對方是女人,才會喜歡她,縱使要圓滿收拾爭吵的殘局,也不能突然要求她具有男人的態度,這就是邏輯的牴觸。對男人而言,再沒比這時此刻的女人更不可解、更難搞的事情了。
不過,男人越是焦慮地想在當晚結束爭吵,好讓兩人高高興興道別,但往往會事與願圍,這是通則。
以往約會完後,兩人總是要在昏暗的夜路上甜蜜吻別,互道「晚安」才分開。
而今她卻肩膀一甩,快速地衝進屋子,留下有苦難言的男人獨自佇立。

我們都希望，「爭吵的結束」不是如此這般。但是，越是深究，其結果越糟。最後，留給自己的只剩難以言喻的厭惡感。那種情形下，男性特有的探究慾、究理慾、解決慾，全都只會讓他本身更加不利。

一方面，這也是一種才能，也有男人會在女方開始囉哩囉嗦找麻煩、擺臭臉時，趕快丟下她，把她奉之如木頭人，連一句體貼話都不說，逃之夭夭。

他是在不傷對方、不傷自己的心理下結束爭吵，等雙方冷靜幾天後，讓對方來道歉的類型。這種男人眞是幸福，不過這種人在男性獨特的邏輯探究能力上相當匱乏，中年過後，他們就會成爲演內心戲的達人，成爲討人厭的老狐狸居多。

不過，女人們反而都是被這類型男人所欺騙，他知道對付「女人的謎」，一定得好好保持「男人的謎」。他對於自己置之不理的女性，等他日再重逢時，依然能泰然自若地露出開朗的笑臉，絕不會說出「是自己不好」之類的話。

這種類型的男人，可說是「爭吵的結束」高手吧！

但是，若有女性期待看到這種男性在「爭吵的結束」中演出執拗、心理上的小爲難，來當做一大樂趣的話，這種男人根本連演對手戲都不夠格吧！

個性的結束

美容諮詢專欄上經常寫著：

「活化妳的個性美吧！」

所謂個性，眞是一個好用的詞彙，這種文章的眞正含意，不過就是：

「活化妳那扁平鼻子的魅力吧！」或

「活化妳那粗短的蘿蔔腿吧！」

若是有人問：

「A小姐長得怎樣呢？」

「她可是非常具有個性美的人喲！」

對方的意思，自然而然就想要隱藏「絕非美女，可是……」的意思。

對畫家說道：

「你的畫確實很有個性。」

這是一個爲難的讚美，大部分都是隱藏——「沒什麼大不了的才華……」的意思比較多。

尊重個性，是隨著十九世紀浪漫派興起、古典派衰退，才開始有的風潮。那時，個性之類的詞彙，還稱不上是讚美的用語。等到後來，「美的民主化」時代開始，大家才有勇氣主張扁平鼻和蘿蔔腿都有各自的美。

當希臘雕塑中的阿波羅與維納斯還是俊男美女的代表之時，「美」完全屬於一種特權的、貴族的，世上百分之九十九的人，享受不到美的半點好處。如今，阿波羅和維納斯的臉，成爲枯燥無趣的代表，我們也可以說，阿波羅和維納斯沒有過大的鼻子、過小的眼睛，全身上下都是最適當的比率，才讓人覺得無聊。

這風潮不僅表現在臉部，風俗、社會、藝術及其他所有方面都被波及。畢卡索所畫的女人的臉，因爲不是比目魚，所以側面畫了兩隻眼睛。安東尼．高第（Antoni Gaudi Cornet）的建築，好像糖飴工藝一般，軟弱無力地扭曲。奧斯卡．尼邁耶（Oscar Niemeyer）所建的巴西教育部，怎麼看都像酒館。

所謂個性，又是什麼呢？

那就是知道自己的弱點，將之轉爲強項後，好整以暇，作戰到底，直到讓世間說「鼻子大才有魅力」爲止。因爲沒個性的人，就會對自己的弱點感到羞恥、愧疚。

跑到理髮廳，拿著亞蘭德倫（Alain Delon）的照片說道：

「請照這樣幫我理髮。」

這就是沒個性的人。

然而，人因爲是人，終究會對戰鬥感到疲憊。

穩操勝算也就罷了，若是一直看不到勝算的話，就會對自己的個性抱持懷疑。因爲所謂個性，就是自己和世間永恆的戰爭。譬如：像瑪琳・黛德麗（Marlene Dietrich）般醜女、總是一副打呵欠的模樣就能風靡一世都沒問題，不過，任誰都也沒自信能夠做到這種地步。

那時候，人們也許就會想捨棄個性這東西。因爲誓言一輩子對過大的鼻子忠心耿耿，爲了讓大家認同這鼻子的美持續作戰，反過來說，等於一輩子被自己的劣等感所束縛。

個性和劣等感相結合的話，若是能把這兩件事都忘記，不知有多快樂！不過，有一件奇怪的事總是在人的心中蔓延。

「想和大家不一樣。」

「想和大家一樣。」

人生一直都是在這兩種心情之間，不斷掙扎。

因此，成爲世間大流行的東西，必定在尊重個性的背後，混入漠視個性的樂趣。男子之間大爲流行的學院風服裝（Ivy Style），和以往的全黑金釦制服相比較，乍看之下好似很有個性，但是當大家都開始穿的話，就成爲想和大家一樣的欲求，那又化身爲一種制服了。

實際上，所謂美並不是像阿波羅和維納斯那般，也許應該是平凡而普遍的東西。譬如：年輕很美。肌膚很美。眼睛很美。頭髮很美。這是任何人都是均等得到的美，假如年輕開始消失時，該緊緊抓住衰退之美、整日憂心忡忡假裝年輕呢？還是對美斷念、活在個性當中呢？我們只能二者擇一。

從一開始，就尊重個性主義的非俊男美女，縱使上了年紀也比較容易活下去，絕對的俊男美女，一旦上了年紀以後，就慘不忍睹。因爲好像沒帶著所謂個性的救生圈，就往海裡跳一樣。世上看起來最落寞的，大約就是年輕時大受歡迎的電影女星和英俊小生的老境吧。

所謂人生，可否不準備救生艇和救生圈就出海呢？還是一開始就依靠救生工具出帆比較好呢？這，就是人生的難處。

因此，人生指導者都會忠告大家，要養成良好的教養，培養內在美等等。不過，所謂美，原本就是外在之物、浪費性之物，應該是無法蓄存的事物。至今，我不曾看過因爲熟讀世界思想大全之類的書，而變成美女的人。

我的處世原則是如此——

假如女人對個性感到厭煩，那就飛奔到整型美容醫院，假如男人對個性感到厭煩，那就去當警察穿上制服，這樣不是很好嗎？

希望大家，千萬千萬不要從年輕時就小家子氣地去模傚，那種爲將來準備「個性的救命工具」的舉動。

相較於那種爲了「我的鼻子大得有魅力」奮鬥到底的女子，那種對於偏離美的鼻子絕望而詛咒人生的女子，還比較可愛。因爲那才是「活著」，不是嗎？

人一死就成爲骨骸，就沒有鼻子高矮大小的問題，骨骸完全都一樣了，因爲，那正是個性的結束。

理智的結束

有一個男學生在上學途中經常遇到一位高中女生，某一天不經意的輕輕一瞥、兩人四目相交，男學生發現高中女生確實浮現一抹微笑。

時序正是初夏，車站前馬路的貧瘠行道樹上的綠葉頓時轉爲艷麗，朝陽中她瞬間的微笑，有如一朵白花，綻放出光輝。

男學生想像著，她會否像我喜歡她那樣，也喜歡我呢？那一整天，男學生都充滿幸福感，在大學裡聽課完全心不在焉。到底有沒有辦法知道她的姓名和地址呢？他不禁如此東想西想。

（至此，他確實還是理智。）

但是，男學生怎樣也無法鼓起勇氣向她搭訕。如此一來，剩下的辦法只有等她放學，跟蹤她回家。

原本，微笑搭訕是頗爲自然的做法，沒勇氣的男學生總是選擇不自然的行爲。

於是，他在車站附近消磨時間，等待她從車站走出來。第三天，他終於發現她和朋友從電車上下來，然後在車站前揮手再見。男學生的心情七上八下，偷偷尾隨在她十公尺的後方。行人漸漸少了，開始擔心她會不會察覺有人在跟蹤。最後，看到她走進有白色木欄屋子的小門。他看看門牌，寫著「林」。於是，男學生心滿意足地踏上歸途。

（至此，他確實還是理智。）

從那一晚起，他開始綿密的調查工作。知道她的學校和姓名以後，該怎麼辦呢？他翻來覆去地想。既然知道了她就讀的學校，那麼以後就跟在她上學途中，不就好了嗎？只要比平日早起，在車站附近等她上學，暫時先別理睬自己大學的課程，先全心全意把目標鎖定在她就讀的高中。接著，就到那個學校門口附近等她下課——對啊！這樣輕鬆多了。

她到底叫什麼名字呢？花子、琉璃子、小百合、美智子、佳子……各種名字浮現在他的腦海，啊！無論哪一個名字，都跟她很搭配呢。

終於有一天，他故意讓她先走過去，之後出現、好像是她同學的女生提起她的名字。

「哎呀！走到對面那個女生嗎？她叫林和子。你好像很愛慕她喲！」

女生哈哈大笑，他立刻撤退。他的事已經傳到她的耳裡，這樣大概可以確認了吧！

（至此，他確實還是理智。）

一回到家，男學生把寫給林和子長達一百頁的情書全部撕得粉碎。最後，極簡潔地寫完一頁，放入信封，封緘起來，計畫在她出門時，在門口交給她。

當他舔著甜甜的信封封膠時，已經感覺到好像和她第一次接吻。

翌日，他要實際行動的時刻終於到來了。一到門口等待，她就出來了。不過，宛如倏然亮出短刀般，他以哆嗦的手亮出白色方形信封，她雖然接受了，卻忽然害怕地睜大眼睛，衝回屋子。他在外頭空虛地等待。不久，她父親陪著她一起出來，對他大聲喝斥。他只得落荒而逃。

（至此，他確實還是理智。）

從那一天開始，他完全提不起勁去上學。

一整天都躲在家苦思：她確實對我有意思，爲何會做出那麼過分的事呢？

內向羞怯的男學生，吃了她父親一頓喝斥後，整個人受到很大的打擊。她那麼愛我，卻做出那種事，必定是以爲我背叛她了。

她以爲我有其他女朋友，無疑是爲了報復，才會叫她父親來羞辱我。好！既然這樣，我就正大光明，把證明自己清白的信，寄給她吧！

（啊！理智的蠟燭之火已經動搖了。）

因爲回函不來，他便每天持續拼命地寫信——

「我絕對沒有背叛對妳的愛。全世界，我愛的人只有妳。說什麼酒吧裡的女服務生是我的情婦之類，都是想讓我兩人決裂，這是妳的同學所揑造的空穴來風而已。」

諸如此類的話語綿綿不絕，他開始寫長達十五頁的信，每天持續地寫。

（理智的蠟燭之火開始熄滅了。）

然而，一直都等不到回函。他突然對她的頑固感到火大，再也無法忍受她如此束縛和干涉自己的自由，一定要正大光明向她父親表明自己想分手的決心。到那時候，就可以一古腦兒把所有的眞相都說給她父親知道。

「府上的小姐對我非常迷戀，我實在受不了她每天打電話來囉嗦，胡亂送些小禮物來也就算了，昨天送來一箱，我以爲是巧克力，打開一看，竟然跑出一百多隻小老鼠。因此，給家裡帶來很大的麻煩。請想辦法阻止她吧！」

他打算要如此去抗議。

（他的理智到此已經結束了。）

××××××××

理智的結束就是瘋狂的開始，最恐怖的事，莫過於這個世界的外觀看起來依然一樣。

車站前有一家香煙舖，行道樹綠蔭的影子照在香煙舖的紅色電話機上。這世間一切都無事。沒有任何變化的世界裡，只有他爲了「被添麻煩」而苦惱。

理智的世界，就像藍色跳板邊緣般的危險，這並不是結束。

理智在寧靜的道路間、寧靜的街角四隅，迅速地、有如豔陽那般消失……

你呢，還好嗎？

禮儀的結束

我認爲禮儀的根本精神，東洋和西洋並沒有多大的差異。只是表現的方式不同罷了。由於表現方式千差萬別，細節上的慣例非常瑣碎，一讀西洋禮節之類書籍，就繁瑣得令人頭痛。

最近的婦女雜誌等等，開始介紹各式各樣的西餐做法以及派對形式，就我看來，都是一些細枝末節，卻漏掉了最重要的部分。

其一、派對的祕密性。

所謂派對的祕密性，也許大家會聯想到性愛派對或性愛片觀賞會，但是即使紳士淑女們光明正大，頂著地位和名譽聚集的派對，也是非常注重祕密性。

在日本，藝人新居落成呼朋喚友來誌慶，爲了希望電視或週刊能大大宣傳，也有讓人家拍照、實況轉播等的，甚至在車站設置臨時巴士站牌、租巴士往返會場，這是毫無隱私的藝人會做的事，但一般派對的原則並非如此。

就常識來思考，譬如，受邀到主人的家裡，當著其他客人面前說道：

「哎呀呀！今夜又承蒙招待，實在太感謝了。上週才被招待，今夜又來拜訪，好像很厚臉皮……」

如此打招呼，人家會怎麼想呢？

想必會暗忖：

「裝模作樣的傢伙！想宣傳自己和主人很親密，是不是？我和主人已經往來半年多，今天才第一次被邀請到家裡。」

因此，那種事情不要在人家面前講比較好，這是派對的祕密性原則，「上一次」的邀請絕不可在下次碰面時道謝，這是西洋式禮節的原則。有關「上一次」的道謝，應當在翌日打過道謝電話後，就結束了。

如果又在其他場合、其他眾人的面前說道：

「啊！昨晚受X氏的邀請，A氏B氏C氏也都去，實在是一個豪華的晚會啊！」

萬一有X氏的朋友、而且未受X氏邀請的人在場，必定會讓人家很不好受，那個人和X氏的個人關係，也許因爲這種不經心的發言而惡化。那種發言不會被認爲是天眞，一定會被認爲是虛榮心，連說話當事人也會被看扁。換言之，因爲這會成爲他感覺自己被X氏邀請是無上光榮的證據。假設那句，

「實在是一個豪華的晚會啊！」

換成——

「實在是一個無聊的晚會啊！」

這句道人長短的壞話，也一樣說得通。那就是想讓人知道自己的品味比X氏好的一種無聊姿態，立刻就會被識破。因而這也適用於「派對祕密性」的常識。

在外國，不注重派對祕密性的人，爲眾人所嫌惡，會被烙印上裝腔作勢、不懂禮節的記號，而被逐出社交圈。然而在日本卻不認爲此事有這麼嚴重。那是因爲招待眾人到自宅的社交意義，日本這裡很淡薄吧！

曾有一位在日本非常有名的知識分子，公然地破壞這個禮節，當時我正好在場。

那是在外國公使館的盛大晚會上所發生的，一小時多的飯前酒談結束，客人被引導至餐廳，正要一齊就座時，餐桌上燭臺的燈燦爛地放出光輝，置入徽章裝飾的

盤子閃閃發亮，那是晚會最高潮的瞬間，日本人Q氏突然大聲對外國人L氏如此說道：

「啊！L先生！上次承蒙您邀請共進晚餐卻無法出席，眞是非常失禮。突然有急事，實在分不出身。」

一聽到此話的我不寒而慄，老於日本世故的Q氏竟有如此不適當的言行，但客人接續入座了，主餐也就開始了。

這簡直就是餐桌上的犯罪事件——「禮節的結束」。爲什麼說是犯罪呢？第一、Q氏在許多其他客人面前把派對的祕密性原則破壞了。第二、甚至還公開自己婉拒招待的事，故意讓L氏沒面子。若是非說這種道歉的話不可，Q氏大可以在一個小時多的飯前酒間，抓住機會和L氏兩人低聲私下談，不讓其他人聽到，更進一步說，Q氏在今晚的宴席中，對於那件事應該裝做若無其事。Q氏在國外生活過好幾年，到底在國外學習了什麼？眞叫人十分懷疑。

「昨天N兄邀我去柳橋哩！」之類的話，有人立刻就忍不住想說出來。

然而，柳橋等古花柳界的慣例，藝妓絕不可提起其他客人的相關事宜，這一點和西洋「派對的祕密性」原則也是相通的，祕密大抵上都是從愛說話、虛榮心重的客人口中洩漏出去。

但是，外國的報紙上也有社交欄的記事，對於社交圈的行程啦，出席淑女的服裝等等，都有詳盡報導，不過這是經過主人和出席者同意的公開派對，若把它當做是宮中賜宴的小型版，那就沒錯了。

縱使不被邀請也沒資格抱怨的那種派對就另當別論，一般而言，對於派對這種東西，大家都會抱著「我有出席的資格」的自信，如果不想邀請那種信心滿滿的人作客，主人在這方面所下的苦心就可想而知了。

相親的結束

相親結束以後，該如何打招呼呢？我在很久以前相親過，但年代久遠，所以早已忘記了。

「再見！」

這樣聽來，感覺好像是破局了。

「祝您一切順利！」

裝模作樣好像上流人士，很討人厭。

「希望能夠再見面！」

好像在強逼人家。

「那麼，哪天再見了。」

會被認爲冷淡、漠不關心。

「晚安！」

好像會讓人有奇怪的聯想。

「那麼，就此告辭了。」

這樣比較不會出錯吧！可是也會被責難爲太硬梆梆了。也許，默默行注目禮最適當。

不管心中是否中意，相親這檔事，壓力實在很大，結束時彼此都會如釋重負。雙方以敬語交談來顯示教養和高雅，男方以一匙份量芥末的野味、女方也以一把味素程度的媚態，來增加其中的味道。彼此不由地裝出優雅調皮的模樣，有意無意，盡挑些鋼琴或網球之類像蘇打水般的話題，結束後，當然就會有種如釋重負的解放感。

然後，女子和女方親友們，轉到喫茶店之類的地方，開始綜合評量會。假如媒人爲人一板一眼的話，講話就不能太絕，假如媒人平日就很親近，講話也就不必太客氣，相親的小姐在母親面前就什麼都說開了。

「怎樣？中意嗎？」

「什麼啦？鼻子長得很像老鼠，對不對？」

「男人的價值不在那張臉。」

「假如那樣的話，相親不就沒意義嗎？」
「但是，如果不中意的只是鼻子的話……」
「總覺得……講話的樣子很噁心。說什麼『如此工作著捏。身爲工作者的自己捏』，一直『捏、捏』，那惹人厭的模樣，就像坐在車站候車室，被人家嚼過的口香糖黏住的感覺。」
「這麼說來，確實有這種感覺。」
「也不能那樣說啦！」
「不過，其他的條件都很好呀！」
「人，不能光講條件，又不是在看樣品。」
「唉呀呀！」
——就這樣，某君完全不及格了。也許會在一個屋簷下同住半世紀的兩個人，就此又成爲街頭的路人甲。既不必握手告別、也不必吻別。
不管不及格的是某君還是某小姐，相親，可說是極爲殘酷的考試。若是學校的期末考，即使不及格，也還有個不用功的藉口，相親卻是整體評價的不及格，沒什麼好抱怨，因爲主觀占了很大因素。然而，人的主觀核心就是「感覺」，而「感覺」這東西意外超準確，相親就像帶著血統書的貓或狗在相親一樣，以人的動物本能作爲正確判斷的基礎。

也正因爲如此，如果對方已經不喜歡了，自己卻還依戀不捨，那麼，再沒比這更慘的事了。若像戀愛那樣，剛開始喜歡，後來討厭，那也就算了，相親因爲是以瞬間來判斷喜惡，如果被對方討厭，雙方就會變得比陌生人還要疏遠，所以應該要有此心理準備。

從臉蛋、體格、說話的方式等，用這一切來下「喜歡」或「討厭」的判斷，人際關係之悲愴激烈，莫此爲甚。而且這絕非就職考試所能比擬。因此，相親的結果，假如打算回絕，就變得非常棘手，爲了不傷害對方，得下各種功夫。

「男方說，這眞是一位很好的小姐，可是小姐在學校的成績這麼傑出，自己的成績眞是無法相比，感到非常惶恐，他實在沒有自信可以帶領這般優秀的小姐，因爲這會讓他感到很沒勁……」

（這就是「討厭對方炫耀自己是知識分子」的意思。）

「實在是、實在是，配X子實在是太可惜了。風采好、家世好、教養也好，眞是無可挑剔的對象。不過，所謂『門不當戶不對，是不幸福的根源』，實在太完美啦，我們這邊反而退縮了，因為……就是一個粗笨的女孩嘛！」

（這就是「討厭對方擺出一副名門世家的模樣」，或「不中意對方少年禿」的意思無疑。否則不會特意去誇獎對方的風采好。）

「J子小姐家庭教養好、心地善良又溫柔，真是無話可說，可是像R太郎這樣有點膽小的人，想尋求那種個性強、男性化的女性，比較能夠吸引R太郎……」

（這坦白說就是「J子小姐長得不好看，所以不要」的意思。）

這些美麗的社交辭藻，至少是把相親嚴苛法則下的負面，拉回原本「零」的狀態，所以盡是蒐集一些正面詞彙。如此說對方知性、家世好、家教好、女性化等等，就可以不傷人而結束，因為說女人「女性化」是缺點，對方根本就無從抱怨起。

於是，這一男一女，在人生之海中彼此各自遠去。

假如相親成功的話，「相親的結束」就不只是單純動物判斷的結束，由此開始的，則是複雜人類判斷的結婚生活了。

寶石的結束

如寶石般純潔、純淨，譬如像鑽石這種可怕的堅硬物質，任何東西都無法劃破，眞是不可思議啊！

人類之心，其純潔必定會受傷害、受污染，「結束」總會到來，任誰都明白。還有人類肉體的純潔，遲早也必定會受傷害、受污染，「結束」也總會到來。

這可以說是動物和礦物的差別所在吧！也可以說，人類心靈和肉體的純潔與鑽石相較之下，不就顯得脆弱、纖細、無意義嗎？至少不像鑽石，其純潔就如其本質那般徹底吧！原本那不就好像盲腸般的無用器官嗎？倘若不是這樣的話，自然界對待人類和鑽石怎會有如此大的不公平呢？

不過，人類一直都對自己所不具備的事物充滿憧憬。譬如：不會結束的純潔、不會結束的美麗結晶。強悍、任誰都無法傷害的堅硬純潔——這正是鑽石備受讚美的原因，也是全球一窩蜂瘋迷寶石的心理根源吧！鑽石可以金錢來買賣，這一點，卻又和娼妓一樣。不過，鑽石失去處女之類的話倒是聞所未聞。惑於鑽石的炫目而失去處女的故事，則俯拾皆是。如果以較優美的方式來表達，也許就是捨去遲早會受損的人類純潔，去換得永遠無損的鑽石純潔。

那麼，失去寶石時，人類會失去什麼呢？

俄羅斯亡命貴族在歐洲靠一點一點變賣寶石過日子的情節，出現在各種小說電影中；日本也有傳說，戰時有人把許多的鑽石偷偷藏在面霜中，從外地帶回，往後的二十年就靠鑽石度日。

換言之，這些人就是變賣永不受傷的純潔與美麗，充當每日糧食，即每天所需之食、衣、住、行和交際費等；以永恆之物換得每天都會消失的現實費用。仔細一想，這不僅限於亡命貴族，普羅大眾的人生也是如此。

因此，寶石和生活之間就存有奇妙的關係。雖然鑽石有財產價值，鑽石本身卻無法填飽肚子、無法供給營養，縱使要充當飾品，也得要有相互輝映的服裝來搭配，所以光擁有鑽石，根本沒什麼用。那麼，我們可以說鑽石等同金錢嗎？這和金錢又不一樣，因爲鑽石本身具有一種高貴、稀有性的美，本身就是一種美。

而且，這種永不受傷的純潔，卻又在絲毫沒有節操的一群人中輪轉，從這個有錢人的手中好似花蝴蝶般，一個個又飛到另一個有錢人的手中，自身卻被錦布包捲，愼重保存，絲毫不被沾污，對此完全也不覺得受恩，金盡緣斷，又快速地飛往別人手中。寶石本身，既無生也無死，因而也無從「結束」。

人類想要如寶石般存在的夢想是無休止的。

世間只有極爲稀少的少女，類似這種寶石——

因爲並不覺得傷害別人的心有什麼關係，所以失去純潔的危險就少了。女人之所以失去純潔，大部分的情況，都是因爲愚直和人道主義。

因爲她的心如鑽石般堅硬，接近的男人都會受傷。

帶她到最高級的餐廳、買貂皮外套給她，她也絕不會有「因爲不好意思，所以把身體獻給對方」的想法。世上有一種奇怪的男人，餽贈女人昂貴物品，女人若稍爲表示「因爲不好意思，一起去睡覺吧！」就立刻對那女人心生厭惡，世界上就是有這種奢華嗜好的男人。當然，女性也有一種不可思議的第六感，一個接一個抓住這類型的男人。然後，絕不允許對方攻破最後一道防線。

作爲一個精神上的娼婦，很清楚勢力均衡對自己最有利，所以絕不將自己的貞操獻給一個男人，必定要讓幾個人來等分。因爲沒有貞操，所以不在乎承諾。任何人都掌握不住她的眞誠，就會愈來愈心急。

因爲她是世間少有的美少女，身邊總有一堆追求者，她本身好像也在撩撥他們的征服慾。其中也有惡男，也許會把鑽石般的她給賣掉。然而，她對自己被標了多高的價錢，總是佯裝不知情，只是頑強堅守純潔。

她絕不、絕不、絕不愛上任何人。只想以純潔的透明結晶，君臨眾生而已。

「因爲我是寶石啊！」

她打從心底如此堅信。

然而，有一天晚上，溫柔、從不做任何要求的大富豪，卻在她不留神間，在酒杯裡下了安眠藥，她就在沉睡中被富豪成功地侵犯了。

然而，我們不曾聽過鑽石在睡眠時被侵犯。爲什麼呢？因爲鑽石不管在一百個夜裡、一千個夜裡，總是睜大閃閃發光的瞳孔，絕不入睡、絕不怠忽戒備。縱使置身於天鵝絨的寶盒裡，鑽石依然冷冷地、閃耀地清醒著。

她，到底不是鑽石。她這顆寶石至此告終。她終究還是化爲一個普通的女人。

那麼，人類想如寶石般永保純潔，是不可能的吧！如果是男人的話，我們可以立刻舉特攻隊勇士爲例，人類若想保有鑽石般的純潔，唯有純潔的死去。

工作的結束

小說家這一行，眞是一種心煩氣躁的工作，和眾人嘈雜群聚的集體藝術（戲劇、電影和電視之類的工作）不一樣，雖然有可以隨心創作的優點，不過人一旦可以眞正隨心所欲時，反而會變得猶豫不決。箇中難度很難說明白，總之，如同在空中變出花朵的魔術師，非得從虛無當中創做出些東西來。

因此，大家一說到小說家，就一定聯想到神經質、胃不好、歇斯底里，快到截稿日卻仍無法整理出稿件來時，外出做些讓太太傷心哭泣的偷情勾當，若是在家中寫稿的小說家，則——

「這麼難吃的飯菜，能吃嗎？」

把小餐桌隨手一掀，搞得生魚片和蛋包飯撒滿埸埸米亂七八糟的慘狀，無論何種方式都是找人洩憤的卑劣心態，追根究柢只是想解決內心的焦慮不堪。像我這種溫厚的小說家，簡直就是例外。

搞得那般痛苦，到底有什麼思想上的煩悶呢？原來是爲了「女人的腳踝該如何描寫才會更有魅力呢？」之類的問題所苦，這樣說來，小說家對社會實在是有害而無益吧！

如果是女作家的話，則是不形於外而攻之在內，胃壁和心壁應該都已乾枯得沙沙作響了。我認爲，無論多麼美麗的女作家，或其外表裝扮得多麼美麗，只要一想到她們在寫小說時，內心不知是多麼乾枯荒廢，我就會害怕得不敢接近。不過世間人總會自找出路，百分之九十的女作家，爲了不讓內在荒廢，都會好好照料自己的肌膚。

把林芙美子[1]女士之類，列入剩下那百分之十，如何呢？看到她到處寫著「花的生命很短暫」的句子，總會懷疑她應該屬於百分之九十派，但是她晚年的作家生活實在很困頓，姑且不論生活如何荒廢，她持續地寫了相當多的傑出短篇。

1 林芙美子（1903-1951），日本作家、小說家及詩人，作品以女權主義為主題，著作有《浮雲》、《放浪記》等。

不知在何處，她曾寫了這麼一句話：

「工作結束的早晨，有種不需要男人的感覺。」

這句話一直留在我的印象中。若是男作家的話，可以改成「不需要女人」吧！也就是說「不需要性愛」，表示其人生應該有相當程度的充實感，才會出此言論。人類縱使有九成九的滿足，也要去追求那剩下的一分、也就是性愛所帶來的愉悅。

如此一來，若要測試工作眞正的充實感，也許可用「不需要性愛」當成基準。

「啊！完成一篇短篇小說了。之後就來做愛吧！」說這話的人，無疑是三流作家。

當工作到一切都燃燒殆盡時，已經極度疲勞，映照在眼中的一切，無論是陽光，還是翠綠的樹木，一切都像對著自己唱出「工作結束了」的大合唱那般，幸福感霎時充滿全身，此時若有誰說出：

「我愛你！」

當下，根本不會想聽到這種遲鈍、滑稽的文句。爲什麼呢？因爲現在自己爲全世界所愛，也愛著全世界……

這當然只是一時的感覺，搞不好半天過後，又開始想做愛了吧！若是從此以後都不做愛的話，就寫不出下一部作品了。人生當中，大概沒有比「工作結束」所帶來的感動、充實、解放感更多的了吧！

話說，工作也有各行各業——

五點下班時，ＯＬ從大廈群街道魚貫走出來。

「雖然說工作結束鬆了一口氣，卻沒有什麼解放的感覺啊！也不覺得心清氣爽啊！」

這是任職某石油公司的二十二歲ＯＬ所說的話。其他ＯＬ們也異口同聲說：

「我覺得『已經結束了』，是走出公司建築物的時候。」

「我是在對那些男人說：『對不起！我先失陪了』的時候。」

「暑假前或連休的前一天，回家時，我才有『工作結束了』的感覺。」

「夏天時，屋內、屋外的空氣不一樣吧！走到外頭時，才覺得『啊！結束了。安心了。』」

因為下班後的約會，幾乎都不是當天突然決定的，所以如果當天有約會的話，工作的幹勁就大不相同。

「如果和朋友有約時，就會想快快把工作處理好，四點左右就把工作結束。若把桌面全部弄得乾乾淨淨，實在不好意思，所以就把最後該收拾的文具和圖章放在桌上。時間一到，趕緊收進去就可以走人了。」

以前，我曾學過一點馬術，所以知道懷柔馬的方法。那就是一定要以方糖做餌。假如給第一次騎過的馬吃方糖的話，下次騎的時候，牠還會記得，馬兒會認爲今天只要乖乖聽話就可以再吃到糖，就會很聽話。也有所謂認爲「工作就是興趣」的人，若是無法做到這種地步，那就把工作和方糖當成同一件事。假如還是做不到的話，因爲人和馬畢竟不同，那就學著自己給自己方糖。當自己期待工作後的方糖，不由分說就會賣力工作。一陣子後，方糖和工作就會反轉過來了，可能就會覺得人生是爲了「工作結束後的方糖」。

這種就是所謂「人生派」的態度。天還豁亮的夏日傍晚，從美麗辦公大樓一下子走出來的ＯＬ，都露出渴望方糖的神情。截至現在八個小時所做的事，不知道是工作還是什麼，總之，沒有方糖誰都會難以忍受吧。

梅雨的結束

常播報「入梅宣言」、「出梅宣言」的中央氣象臺，至少今年好像廢止「入梅宣言」了。抬頭仰望好似要下雨的天空，邊抱怨著：「還不到梅雨季嘛」，最後還是對所謂的宣言灰心了。因此，每年不受好評的「出梅宣言」也是停播比較好。鄭重其事宣告「出梅」了，偏偏從那一晚開始又淅瀝淅瀝下了超過一週的雨，這種糗事簡直就是在重挫氣象臺的信用。

對農作物不可欠缺的梅雨，對都會人來說卻是最不想要的，下得好像連腦袋瓜都快要發霉，因爲梅雨讓人有種陰暗官能季節的奇妙感覺。永井荷風[1]的《濹東綺譚》中的故事選在梅雨季節眞是最適當不過了，因爲這和夏天那種豁然開朗的性慾不同，它帶著一種象徵暗闇、沉澱的性慾季節的到來。

1 永井荷風（1879-1959），日本唯美主義文學大師。《濹東綺譚》以隨筆風格敘述了老作家與妓女的交往，通過對景緻、風俗的描繪以及對戰爭、世態的諷刺表達了永井荷風的人生觀點。

那種陰溼苦悶、不愉快、優柔寡斷、怨懟、哭訴般……的梅雨，心中希望能夠早一刻結束，卻總是沒完沒了。明明知道人人都在等待光亮耀眼的夏日藍天，但卻持續不歇、冷冷的日本梅雨，既執拗、又陰溼，眞是日本特有！而南方熱帶地區的雨季，則成了更加豪放的狂風暴雨季節。

「希望討厭的事情趕快結束，但除了等待之外別無他法。」這種日本式的人生觀，不就是受梅雨影響而培育出來的嗎？類似的事情如果一直悶在心底，就會變成「討厭的上司（或是討厭的丈夫、或是討厭的妻子）眞是難以忍受，但除了等待對方死去之外，別無他法。」

日本常被認爲是一個義理人情的社會，乍看之下好像義理人情濃厚，所以潛伏著相互渴望對方死去之外別無他法的「梅雨式社會感情」。溼答答、黏兮兮，腳掌發黏，後背刺癢。這種人際關係潛伏在乍看窗明几淨的摩登辦公廳，也潛伏在美國風的客廳、廚房之內。

梅雨季也是蛞蝓的季節，日本到處充斥著蛞蝓人。雖然期待梅雨早些結束，卻好像加入共產黨般，剛發出明天發動革命的宣言，最後卻和「出梅宣言」一樣，當晚又下起雨來，眞是教人洩氣！在日本，革命和政變總是發動不起來，任何事都是水到渠成、順其自然最好，因爲，梅雨總有結束的一天，也因此產生所謂的「蛞蝓人生觀」。

日本政府也是蛞蝓政府，美國對亞洲雨季的經驗很少，長期處於梅雨季不知到底要下到何時的越戰之後，身心俱疲。在幾乎不降雨的加州出生的美國人，大概從來不曾看過蛞蝓的模樣吧！他們肯定不知道，和蛞蝓作戰最好的方法就是鹽巴。

在日本的戀愛也是梅雨類型爲多，淅瀝淅瀝持續下著，也不知何時會停。雖然這方什麼都沒說，但對方卻：

「我愛你！」

「我愛你！」

「我愛你！」

「我愛你！」

宛如屋簷的雨水般不停重複，當這方打算分手時，提出悔婚的控訴就隨之而來。這種女性並非惡意，而是易於自我催眠的體質，宛如每天下不停的雨般，不斷重複說著「我愛你！」期間，這種女性的耳朵好像漸漸聽到了對方說出「我愛妳！」的錯覺。面對這種女性，如果突如其來爆衝出「出梅宣言」的話，當晚就會有狂風暴雨，難以收拾。

自然，是默默無語的。自然，只以事實顯示。自然，絕不會做出「宣言」之類的事。

只有人類才會做出「宣言」。假如像「禁酒宣言」、「離婚宣言」般可以人的意志來決定的事就算了，但是像「出梅宣言」那般，想以人類的意志來制約自然的行動，應該無法辦得到。

然而，人類當中也分接近自然的人和遠離自然的人。明知不好卻無法停止的人就是前者；一發現不好就絕對要以意志力來停止的人，就是後者。無疑地全人類的百分之九十九是前者，剩下的百分之一是後者。

人類也是自然的一部分，爲自然所制約，這意味著，我們的內心也懷抱著自然。做了「禁酒宣言」那一晚又想喝酒那類的，就是自己內心的自然想喝酒，而毫無用處的宣言就和中央氣象臺一模一樣。特別是對方的「離婚宣言」之類，自然的作用會使之加倍複雜化，一直嚷著要分手、要分手的夫婦，總是很難分手。

史特林堡[2]的戲劇《死之舞踏》中，相互憎恨、喜愛、無聊至極的大尉夫婦的對話，這般開始——

大尉：爲我彈個什麼曲子吧！

愛麗絲：（提不起興趣而非不願意）彈什麼好呢？

大尉：什麼都好。

愛麗絲：我彈的曲子，你不會喜歡吧！

大尉：所以我做的事，妳也很討厭吧！

愛麗絲：（避開話題）門開著嗎？

大尉：若是妳想這樣開著的話。

愛麗絲：那麼，就別管它吧！

這種漫長夫婦生活的梅雨，只有等大尉死後，才能宣告結束。

2 史特林堡（August Strindberg 1849 - 1912），瑞典偉大文學家與劇作家。

英雄的結束

最近，我看到某週刊雜誌，刊出東洋魔女日紡排球隊的主將河西昌枝小姐當家庭主婦之後，埋首做家事、與夫婿恩愛的照片，眞是讓人感到欣慰。她正是近來少見的「女英雄」。

原本在觀看著名的奧林匹克決賽大勝利的時候，我覺得與其說是英雄，她看起來更像一名極爲機靈、俊敏的女主人。當時，我曾寫了相關的文章：

「她（河西選手）站在前衛時，宛如水鳥群中身長最高的水鳥指揮官般，經常掃視敵營，往上梳的頭髮寸髮不亂，冷靜地瞄準敵穴。那顆球必得經過她手中後，再輕輕送出，從網的一端瞬間擊中敵人的盲點。

河西是一位出色的女主人，眾賓客中有誰玻璃杯空了？有誰還埋首於盤飧之中？每一個瞬間都看在她的眼底，下令供餐的侍者，做出無微不至的服務。蘇聯方面對這頓盛大、周到的饗宴，眞是疲於奔命！」

那樣威風的她，如今已成爲家庭主婦。這位前英雄，現在等待丈夫歸來、賣力準備晚餐，在廚房裡表演滾動接球的絕技，世間人也看盡她幸福的模樣。

我當然不會揣測她的心中是否有對奧林匹克榮耀的遺憾，同時，我也不吝惜認同如今以女性身分去體會女性幸福的她。

總之，曾經是英雄的她回歸女人了。那無疑就是「英雄的結束」，也是「女性的開始」，不久後，也會是「母性的開始」。有一個「女人」故鄉的她，只是返回故鄉而已。這完全是女性的特權，在萬一的情況下火速回歸女人，除了恨之外無話可說，在這點上，女人之戰就是確保根據地的戰爭，毋須背水一戰。縱使英雄時代結束了，也不會有絲毫的悲慘之感，在另一種意義上，就是令人佩服的存在。

但，情況也並不全都能像河西小姐這般美好，也有不好的案例，譬如，也有平日頗受好評的知性女性，一旦分手，立即變成怪女，回歸成普通的女人，硬要立於絕對不敗的態勢。

依此來思考，男性就很悲慘，對於英雄事蹟結束，卻尚未死去的男人而言，往後剩下的就是「餘生」了。爲什麼呢？男人成爲英雄，就是等於成爲眞正的男人，換言之，因爲有如背水之戰，從某一時間點開始，他就不是英雄，已經無處可歸了，只能成爲「比英雄的自己還拙劣的男人」。糟就糟在因爲曾經是「男人中的男人」，當榮耀一結束，成爲普通的男人後，相對地，只能有如贗品的男人那般活在世界上。

因此，男人需要勳章，而「女人的勳章」之類的小說聽起來就很獨特，因爲只有男人才需要勳章。爲什麼呢？以往昔的金鵄勳章[1]爲代表，英雄之類的男人，至少也得拿個勳章，否則此後對別人就不必提了，對自己也是一樣，那就沒有證明自己曾經是英雄的材料，沒有這材料，等同死亡。雖然是閒話，頒發「文化勳章」給留下作品或其他形式的文化業者，無疑地已偏離原本的勳章意義。沒有留下任何形跡者，勳章和銅像才有存在的理由。因爲所謂英雄，是爲那些行動中人物所取的名稱，所謂文化英雄之類，則是詞彙的誤用。

在此次大戰敗北的日本，戰後並沒有出現戰爭英雄之類的人物；而日俄戰爭後，卻留下許多這類的大人物。東鄉元帥[2]正是其中的佼佼者。

日俄戰爭後，東鄉元帥一直都還活著，直到我念小學時才過世。不過在元帥有生之年，並未再參與比日本海戰役更大規模的行動，也沒機會參與。其實，賦予某人物英雄之名的行動，大抵在五分鐘左右，就會下最終的決定。這五分鐘、或幾秒之間，就決定他往後幾十年的生涯。對元帥而言，在日本海戰役後，也只是在「度餘生」吧！

不過，因爲他死在美好的時代，這位英雄的結束，眞的是堂堂大英雄的結束。我的一生當中，也不可能再次看到像那壯麗、宛如日落般英雄的結束吧！爲了參拜元帥的國葬，我們小學生在千鳥公園那裡，肅然列隊站立著，不知等待了幾個小時。從九段而來的國葬隊伍慢慢接近了。外國武官們穿著華麗軍服的隊伍以單腳前進、雙腳併攏、再以單腳前進的奇特步伐，靜悄悄走入視野之際，他們盔甲上的白羽毛，宛如排列整齊的美麗熱帶鳥，不斷飛過來。不知有多長的隊伍、靜靜推過來的靈柩……終於，在還沒看到隊伍的最後，我因腦貧血而倒下了。

如東鄉元帥般幸福的英雄，實在少見。

1 金鵄勳章是戰前的日本對大日本帝國的陸軍、海軍或軍屬所授與的勳章。太平洋戰敗後，依據駐日盟軍總司令指示，一九四七年公告廢止。

2 東鄉平八郎（1848-1934），與陸軍的乃木希典並稱日本「軍神」。一九〇四年，日俄戰爭中任日本聯合艦隊司令官，大破俄國的波羅的海艦隊。

現在的我，縱使在路邊黑輪攤上埋首吃黑輪也不在意，在柏青哥店熱中打柏青哥也蠻不在乎。不過，假如我做了什麼英雄事蹟而成爲英雄的話，就絕對不能破壞自己的英雄形象。於是，關切別人對自己形象的態度，就變成自己「成爲英雄以後」全部的人生態度。若是如此，還不如死掉算了，不是嗎？

嫉妒的結束

嫉妒結束之時……

無疑地，心情將會變得平靜、快樂、開朗、解放及愉悅。

嫉妒的結束，比起任何一種病的痊癒更感豁然開朗。因爲嫉妒，是心所罹患的一種最陰鬱的病。

當然，也有會引發自殺的「憂鬱症」之類的精神病，不過嫉妒的毛病也許比那更棘手。爲什麼呢？因爲憂鬱症患者是對人生徹底絕望，嫉妒病患卻對人生還抱著希望。

心生嫉妒的人，就像要喝乾眼前那一杯滿滿黑水的人。其實，根本沒必要喝下那般難以下嚥的飲料。不過，那卻混雜著一滴的希望，閃耀著美麗的光輝、散發出芳香。因此，無論如何也要喝下那杯黑水，雖然一喝下去後，立刻會作嘔、生病。所以消除嫉妒，就得從這希望先消除。

「雖然，他表現出的態度那般冷淡，但……心中也許還愛著我。」

「雖然他現在對那女人很癡情，但總有一天一定會清醒，回到我身邊吧！不！我得用自己的方法來讓他清醒。」

這種希望的基石，必定隱藏在嫉妒當中。說出口的話，就會類似這樣——

「到此為止了，我對他已經死心了。只是非常憎恨那女人。」

但是，「憎恨」和嫉妒是不一樣的。嫉妒，就是一種總是反彈到自己身上，纏繞自己、讓自己失去自由的情感，和憎恨不一樣。嫉妒和憎恨那種對外、對外攻擊的情感不一樣。簡言之，戰爭時憎恨敵人是理所當然，我們從來就很少聽過有人對於敵方的薪俸好、敵方的糧食豐富感到不是滋味而吃醋。假如敵方的糧食比我方好，那麼趁夜襲敵去搶糧就好了。

但是，嫉妒卻是困在自己的城堡遲疑不決，又不出去攻擊。只是一直對情敵生氣地胡思亂想，簡言之，其實就是一直在想情敵和自己的兩相比較。於是，自尊心漸漸有一種刺痛的感覺。終於成為二十四小時持續的抽痛。實際上，嫉妒的產生，必須要有：第一「希望」，第二「自尊心」。若沒有這兩種要件，幾乎不會產生嫉妒。

縱使有希望，若沒有自尊心，也仍是一個輕鬆快活的人。換言之，她就是一個傻子，洋溢幸福的傻子。

「反正我是一個絲毫沒有魅力的人。無論世間如何笑我，被笑也沒什麼關係。……不過，他總有一天會想讓自己輕鬆些而回到我身邊吧！那時，就展開雙手熱情迎接他吧！」

若是能夠大澈大悟到這種地步，就不會產生嫉妒心。

另外，若自尊心非常強，就不會抱著希望。

「像我這種日本第一的美女不要，竟移情別戀那種醜女，他的審美觀實在令人懷疑。不過，人啊！一失足成千古恨，很難再回頭，應該不會再回到我身邊了吧！因爲門檻一變高，應該很難再回來。」

這種案例也很難產生嫉妒。

嫉妒最麻煩的事，莫過於有適度的希望、又有適度的自尊心，世間的女人幾乎都屬於這種類型。不過，希望的錯覺和自尊心的錯覺，成功結合後更加相互補強。

「因爲我啊！有相當的魅力，所以他有回頭的希望。只要他清醒後冷靜比較一下，我和A子根本有如雲泥之差。」

然後想著：

「他一定會回頭。不！我就讓他回頭給你瞧瞧！假如認爲我是一個沒自尊心的人可就大錯特錯了。可別一直把我當傻瓜啊！」

因此，壞就壞在這半吊子的自尊心而把希望誇大，爲了支撐希望而更需要鼓舞自尊心。這種無論經過多久也無休止的惡性循環，就是嫉妒的本質。

對女性而言，特別喜歡將自我意識用在沒有產値的地方。通常，因爲愛正在進行中，自我意識就會敏感被觸動。此時，理應確保對自己最有利的地位，女人卻把自我意識全交由男人，自己陶醉在微醺氣氛中。簡單說，就只會發呆。若是男方開始冷淡，又找到其他戀人，女方的自我意識就開始過度高漲，但卻是完全地誤用。總之，就演變成像「拋棄這般漂亮、這般有魅力的我」之類的事。其實，以男人的眼光看來她早已失去魅力的瞬間，她還在發呆一無所覺，也渾然不覺悲劇已經開始了。

如此的嫉妒，也有結束之時……

那將是何時呢？

一年後嗎？五年後嗎？十年後嗎？

無論如何，總會突然結束的。

因此，讓自己痛苦至今的事會突然消失得無影無蹤，對自己而言最重大的事情，也會變得微不足道。原來，是自己錯把跳蚤當大象。爲何會發生這般嚴重的錯誤呢?但是，事到如今想去探究原因，也早已莫可奈何。

她變得完全自由了。——翌日，也許她會自殺。因爲她已失去因嫉妒所生的那種痛苦萬分的「生存價值」。

動物的結束

有一句拉丁諺語說：「所有的動物，在性交後感到悲傷。」那時，就算是動物，在那一瞬間也變得不是動物吧！動物的心中，也會浮起短暫的、精神性的某些事物吧！因爲有了悲傷和屬於精神之物，才會笑和表現知性。

一般人相信，精神戀愛漸漸接近時，會先進入肉體關係，有了肉體關係之後，較晚些的精神戀愛就來了。

以往只看照片就決定男女婚事，直到結婚當天新郎新娘才第一次見面，這種封建式婚姻也是這樣掌握人類的心理。

因爲人類不是動物，是以主體性的自由意識來挑選對象，等精神戀愛深厚後，舉行了結婚典禮才進入肉體的結合，這種基督教式的思考，近年來已成爲日本的主流。而相親結婚已有被當成舊時陋習，而令人感到羞恥的傾向。

「雖說是相親，但婚約期很長，其間會陷入戀愛，所以跟戀愛結婚也很像。」也有人以這類的話強加辯解。

我自己也是相親結婚的人，容後敘述有關那種動物學的正確性。

「戀愛是高級、清新、美麗的；動物性結合則是低級、污穢、醜陋的。」持有這種想法的人自古以來比比皆是皆。希臘從柏拉圖開始，就出現有名的柏拉圖式戀愛。

在日本，所謂戀愛就是肉體的結合，隨後而來就是「物之哀」。神話中的男神和女神，也是相互見面，在「多麼出色的男子啊！」「多麼美麗的女子啊！」之類的交談中，就發生肉體的結合。在日本所謂「交談」一詞，也意味發生肉體關係。

那麼，日本人是否比西洋人更具動物性呢？

其實，根本沒有這回事。日本人因爲食物的關係，對性事之淡泊在全世界來說可算稀少族群。國人只是很喜歡聽黃色笑話、色情遊戲，卻欠缺西洋人那種對性慾的執拗和徹底性。

不知何故，日本人（看起來雖像植物，但確實是哺乳類動物無誤），好像偏好先滿足自己內心的動物性要素後，再緩緩轉移到「物之哀」的事後情緒，作爲動物的日本人，好似忠實地實踐著文章開頭的那一句拉丁諺語。這也可以說是日本人在動物性要素的解放和滿足，如同蜻蛉交尾般，在藍空之下瞬間停止，僅是晃動幾下的淡泊、乾淨。

西洋料理的主餐，大抵是重口味的肉類。在主餐出來之前，通常是愉快的等待。不會在一開始就大口吃肉，而是在前菜啦，湯啊，魚啦一道一道品嘗後，才會來到主題，這實在很像西洋式戀愛。西洋的戀愛相當於前菜、湯、魚的部分，肉慾的最終滿足，就是達到高潮的主餐。那種集中效力、鄭重其事的肉體結合方式，也表現出西洋人解放和滿足他們的動物性要素的執拗等待。

總之，西洋人不容易從人類的動物性中畢業，從其體質方面就很能夠理解。於是，在完全成爲動物的瞬間盡可能延長，達到這一步前，先將精神方面的觀念性戀愛塞滿，裝出一肚子都塡得滿滿的模樣，最後，才從容不迫地顯露出動物的本性，才大口吃肉。在變成動物之前，先盡可能裝出人類的模樣來，換言之，這種西洋戀愛是在演一場瞞天大謊的戲，隱藏著尙未從動物畢業的事實。就好像大猩猩穿著晚禮服，將胸毛隱藏起來一樣。

西洋式戀愛輸入日本以來，日本人依樣畫葫，全面禁慾主義，忠實地接受，成爲非常有體面的人。變成不是「所有的動物，在性交後感到悲傷」；而是出現「所有的動物，在性交前感到悲傷」的病態心理。而且，失去了動物最重要的感覺。於是，大部分戀愛的結果，使得無數的男性女性，爲了悲傷幻滅而哭泣。戀愛結婚當中，包含惡名昭彰的「先上車後補票」，出現了無數結婚幻滅的案例。

縱使只是圖個方便，相親結婚時千萬不要被舶來品的戀愛結婚所迷惑，好好發揮動物的敏銳感覺，就會有許多的可能性。所謂男女關係之類，最初一瞥的「好像不錯」就能夠下決定。

動物園的大猩猩成爲鰥夫後，對著從非洲運來續絃的候補者先聞一下味道，如果不中意，立刻掉頭走開。因爲大猩猩是傻瓜，沒察覺到自己根本沒有其他母猩猩可以選擇，才會如此奢求和任性。這種情形，假如換作是雄性人類的話，縱使不中意，但因爲只有一隻母猩猩，所以也只能接受了吧！

但是，那完全是違反動物感覺的一種知性頭腦的選擇。相親時，聞一下味道不中意，也極有繼續走一輩子的可能性。

日本文化特質的「物之哀」，不是事前，而是事後的心境。日本人內心的纖細，不會浪費在事前的感情，比較適合於事後，也就是性交之後來找出各種情緒和哀傷。

也許動物的結束，可說是日本文化的特長吧！天下的青年男女啊，請早日從動物畢業，回歸日本文化的本質吧！

世界的結束

好歹，「結束的美學講座」結束前，世界的結束還沒到來。中美之間也未開戰，沒有人誤按飛彈的按鈕。大家都能安心期待夏日的休閒活動。

不過，所謂「世界的結束」是一個永遠具有魅力的夢。尤其對於被宣告死亡的癌症病患而言，可說是最美好、最大的夢想。這無疑就是在自己死去時與世界結束時，偶然間畫上了等號。原本人類就必有一死，人類最美好、最大的夢想，肯定是自己的死亡與世界的結束同時發生。

他們認爲，這樣子才公平。爲什麼呢？如果自己死後，世界依然沒變，國鐵和地下鐵依然滿載上班人潮奔馳、東京鐵塔依然在原地矗立、柏青哥店依然打得嘩啦嘩啦響，一想到這樣就感到非常不公平。大家都還活著，只有自己死去，多麼不合理啊！

戰爭時，只有自己死去，並不會覺得不公平。爲什麼呢？因爲任何人都無法保證明天自己還能活著，死亡撲克牌公平分發，任誰抽到死亡之牌，也只是偶然的命運、只是倒楣而已。因爲大家等分了死亡的可能性，死亡的恐怖就稀薄化，占有死亡恐怖當中幾分的孤獨恐怖就減少了。「喂！我先走一步囉！」——只要留下這麼一句話，就綽綽有餘了。

如今，就算很討厭「喂！我先走一步囉！」之類的話，留下來的人得要等幾年、幾十年才會來呢？這是誰都無法掌握的事。太平盛世的死亡，遠比戰亂中的死亡更恐怖。這是因爲日常頻繁出現的死亡，在太平盛世中，把平常不過的一切死亡陰影，小心翼翼地擦拭掉了。

換言之，就如同衛生滿分的廚房飛進一隻蒼蠅那般恐怖。一開始就堆滿骯髒垃圾的話，縱使飛來蒼蠅也不會覺得恐怖。如同越南人睡午覺時，臉上停了好幾十隻蒼蠅也不在乎那樣，絲毫不覺得死亡的恐怖。

因此，太平盛世最美好的夢，就是世界結束的到來。因爲這雖然恐怖卻是一個愉快的夢，所有的宗教都以末世思想在威脅、誘惑民眾。

世界結束會突然到來也很好，有一定的預告期也很好。

若是突然到來的話，霎那間全員全倒；不過，沒有任何痛苦的瞬間，也不會有任何樂趣。

若是知道一週或一個月後，世界末日將要到來的話，那就不一樣了。

相信哈雷彗星的尾巴穿過，地球就會毀滅的說法，把整個世界搞得烏煙瘴氣、謠言四起。還有說昭和三十七年（1912）二月上旬，占星術中的黃道第十宮摩羯宮，將會與以太陽、月球為首的八顆天體，形成四千九百七十四年一次的大集合，印度人相信這就是世界結束之日，於是有人逃到山上、有人處理完財產後自殺，造成很大的恐慌。

我怎樣也無法明白，那些在世界末日前自殺者的心態。假如世界果眞要結束的話，那麼政治、經濟、社會、道德都已不具任何意義，一生當中想做卻忍耐不敢做的事，想做就趕快去做啊！

若有憎恨的人就殺死他啊！縱使被逮捕了，審判前世界就結束了，這不是什麼事都沒有嗎？若有想跟她睡的女人，管她是人妻還是什麼就睡啊？若是很羨慕鄰家那座德國製音響，不管三七二十一就搬到自己家裡啊！借錢也不必還了，對上司也不必低聲下氣。既然如此，大家都會公平地和世界一起滅亡，我們也會明白，基督教最後審判之類的說法，原來是虛假、威脅的詐欺。

此時，也有人是莊嚴、勇敢、平靜地迎接死亡的到來吧！這種人就讓他那樣好啦！正因爲有英雄主義，歷史才會有問題，若是歷史消滅的話，那也只是單純的興趣問題而已。想莊嚴死去的人，就只是有一種「莊嚴死去」的興趣而已。

但是，最可怕的悲劇，就是世界結束的預告並未實現，實際上無論如何等待，世界總是不結束的情況。

假如世界結束該來而不來的話，抓著頭，非把音響還給鄰家不可。通姦太太的丈夫，也許會提出告訴。還有，也許會被那個被自己吐口水的上司開除。殺人的話，也許長期吃牢飯或被判死刑。

那時，我們還在未滅亡的世界裡，肯定清楚明白，自己應該如何戰戰兢兢生活吧！世界不結束的話，我們一定是害怕著其他有權勢的人在過日子。

世界不結束，只有自己死去的話，我們一定會帶著怨恨死去。怨恨活著的所有他人、享受食物的所有他人，還有談笑、走路、行動的所有他人。更何況，那些所有的他人，都和自己同爲「人類」，這種事情，無論如何也沒辦法忍受啊！若是出生在猴子王國裡唯一的人類，死亡時，多少還能夠莊嚴死去吧！

各位！就在此時，世界還沒有要結束的跡象。

活著的我們，對於死去的人而言，可以說就是「他人」。週刊是代表「他人」眼睛的「他人」的雜誌。「女性自身」實在也應該改爲「女性他人」。我們是以一個「他人」，在談笑、歌唱、哭泣、憤怒。

直到自己被所有他人棄而不顧死去爲止。

《女性自身》昭和四十一年二月十四日－八月一日

給年輕武士的精神談話

對年輕武士的談話

關於人生

人都是從人生開始之後，藝術才漸漸開始。我的情形剛剛相反，我覺得自己是從藝術開始之後，人生才開始。不過，暫且不提我的情形，一般而言，人都是從人生進入藝術的這種程序。

很明顯是從人生進入藝術的藝術家，例如有史頓達爾，還有吉亞科莫・卡薩諾瓦[1]。史頓達爾認爲自己的人生未必受女人青睞，到處充滿不如意，一再失敗後，察覺到只有文學才能實現自己的夢想。另外，吉亞科莫・卡薩諾瓦以其天賦才華遍歷女性，盡情品嘗人生的甘美果實後，認定已無事可做之時，開始寫回憶錄。

這是藝術和人生的一個勝負、也是競爭。我們通常會陷入想從小說家那裡學習人生的迷思，其實小說家的人生是非常貧瘠，在廣大的世間裡，有許多人擁有豐富的人生。那些擁有豐富人生當中的百分之一者，抱著想記錄自己人生的夢想。不過，記錄也要有才能、技術，就和所有的運動及技術一樣，要有長時間的修練過程。正在修練時，就無法享樂人生。另外，記錄冒險最精彩部分的才能也不是可以訓練出來的。因此，當人們想記錄自己的人生，讓它成爲世間有趣的故事，流傳後世時，通常已經太遲了。不至於太遲，總算在最後一刻還來得及者，只有吉亞科莫・卡薩諾瓦這個稀有案例。

另一方面，如史頓達爾般，人生未必能夠隨心所欲。未必受女人青睞。雖然因爲發生那些事情，才能把自己人生中的不滿、憤怒、夢想、詩篇等全部凝縮在一篇小說中，不過到底還是要有傑出才能才做得到。爲什麼呢？因爲那是由無到有，憑藉想像力構築出來的不一樣世界。所謂想像力，很多是由不滿中產生。或者，由無聊中產生。當我們面臨危急、埋首行動，爲活下去灌注一切的力量時，幾乎沒有發揮想像力之餘地。假如想像力是造成神經症的原因，處於空襲頻傳的日本戰時，是神經症最難發作的狀態。那個時代，小偷也少、犯罪也少、人們的想像力之糧全部都餵給戰爭了，因爲那是不集中力量灌注全民族的精力就無法成功的事業。

1 吉亞科莫・卡薩諾瓦（Giacomo Casanova 1725-1798），極富傳奇色彩的義大利冒險家、作家。一生中有不計其數的伴侶，但卡薩諾瓦深愛著他所有的女人，並與她們長期保持著友好的關係。

剛才我說過自己的人生，在藝術之後才開始，實際上有很多小說家都是這樣。二十歲出小說的人，肯定是以二十歲前所感受的事物爲根基，再加上想像力來擴展。那要說是經驗，還不如說是感受性的問題。我們在感受性最容易受傷的脆弱之時，就會發現自己和自己人生的不協調，爲填補那個不協調的間隙而優遊於文字的世界。因爲很多小說家就是那樣形成的，把體驗足夠的眞正人生、堅強意志力、持續力及其他可以獨當一面的成年人力量，用在寫小說當中。因此理應把對人生有用處的能力，全部奉獻給作爲一個小說家最有用的領域。同時，作爲一個專業者固有、且是自己人生最純粹、最不被汙染、最深刻的經驗，只能從其少年期以前的感受性生活去追求。每每作家都會被評爲比處女作成熟，對作家而言，人生的經驗還不足、由最敏銳的感受性所構成、還不穩定的作品——處女作，肯定就是他人生經驗不知要回歸多少次的重要故鄉。

不僅少年期，幼年期對作家而言，也是重要的故鄉。那時候，人生並不是經驗，只不過是夢想而已；不是理性，只不過是感性而已。不但免於成年人的責任，還被成年人保護。雖然話有些遠，在全學連[2]的政治行爲裡，其實尚無法脫離某種藝術行爲的性格，因爲他們把夢想和政治連結在一起。我們從人生的第一步起，並不是對人生就開始滿足了。能夠滿足的人，極爲例外。這是無論社會革命如何成功也都是一樣吧！藝術，由此而開始。

關於藝術

昨天，我和一位舊士官學校畢業，今年五十歲的舊軍人見面。現在他是一位成功的企業家，不過在他的人生當中曾經七次面對生死一髮間。他所指揮的輸送船團，屢屢被擊沉，曾經有過六次被擊沉的經驗。

他說聽到來襲的敵機聲往空中一看，船的前方飛來敵機數架，往右一看，右方也飛來敵機數架，往後一看，後方也飛來敵機數架，激烈的襲擊如雨落下。若只是兩個方向的敵機來襲，靠著船身的蛇行或許還有脫逃機會，若是三個方向一起來就無力可回天。四周因深水炸彈而激起水柱，白色的水柱看起來宛如繪畫般靜止不動。因爲那和噴水一樣，水的形狀固定在空中。他隨著連隊旗師團長等，緊急放下小船，命令其他兵隊跳進海裡，最後剩下自己和全身顫抖的下士官。船隻漸漸傾

2 一九四八年成立的「全日本學生自治會總連合」之簡稱。此係第二次世界大戰戰敗後，學生們為進行教育復興運動而組成之組織。

斜。六十歲的老船長，全身纏著鎖鏈，表現出與船共存亡的覺悟。最後的一瞬間，他從完全翻過去的船隻頂上，約有六十公尺處，往海裡縱身一跳。

跳進水中後喝下不少水，無論如何掙扎總浮不出海面，掙扎又掙扎，猛然察覺時，頭已經浮出陽光照射的燦爛海面。他隨著海浪漂浮，徘徊在生死之間，直到三十六小時後被救起。好不容易海軍救難艇終於趕來時，先救起抓著浮漂求救的慰安婦和護士們。海軍，不愧是女士優先。男人也一個一個被救起，因爲不容許有人獲救後一放心就死去，通常救上船立刻以「精神棒」一頓棒喝以幫助恢復意識。他把自己的高級將校徽章給對方看，才免去精神棒的毆打。他的精神和體力就是勇猛到這種程度。

他一次又一次遭逢到這般的人生境遇。原本以爲死定了，卻又死裡逃生。所謂人生，若不曾和死亡靠近過，就無法顯現人生的眞實力量和人類生命的堅韌。如同測試鑽石硬度，若不與堅硬的合成紅寶石或藍寶石相摩擦，就無法證明是鑽石，爲測試生命的堅韌，也許不去和死亡碰撞的話就無法證明吧！一面對死亡，立刻受傷粉碎，那樣的生命不過就是玻璃而已。

其實，我們是生在一個生命曖昧模糊的時代。除了車禍外很少看見死亡，因爲醫藥完善、曾經威脅病弱青年的肺結核和威脅健康青年的兵役也完全不見了。在沒有死亡危機的地方，如何證明自己生命的存在行爲呢？一方面是瘋狂做愛來探索，另一方面不得不成爲只是暴力的政治行爲。因此，甚至連藝術也到了幾乎不具任何意義的焦慮感。爲什麼呢？因爲所謂藝術，還是在爐邊享受之事。無論是美麗的繪畫、寧靜的音樂還是傑出的小說，若不是孤獨一個人在爐邊，絕無法體會箇中眞味。

作爲娛樂文學，如詹姆斯・龐德那般的小說，也能讓嘗盡人生酸甜的老政治家，坐在壁爐旁、叼著煙斗，沉溺耽讀。因爲在英國一切都以人生優先，藝術從往昔的狄更斯（Charles Dickens）以來，就是如此來鑑賞那些作品爲多。英國繪畫也是以寧靜的風景畫和溫和的肖像畫爲多，絕不去追求那些好像人生刺激劑的事物。縱使是刺激劑，那也是讓成年人的內心不禁莞爾，讓明白眞正冒險的人，再次享受紙上的冒險、耽於回想之中而已。英國文學之難親近，由此而產生。相較之下，意圖把更激烈的人生凝縮在小說中的傾向，把青年思想的煩悶以活生生的形式帶入藝術的傾向，是從不成熟的社會所發生。

俄羅斯杜斯妥也夫斯基（Fyodor Mikhailovich Dostoevsky）的《卡拉馬助夫兄

弟》那般剖析人性黑暗深淵的小說，非常不適合引退後的老政治家在爐邊閱讀。那是令青年懊惱、受苦或說是鼓舞的文學作品。海涅[3]說得眞確，像哥德那種無法鼓舞青年的文學，無論如何完成古典形式，也是不值一文。在此人生對藝術有二種相反的要求，從旁而降。總之，在無聊的和平時代，就某種意義是會產生絢爛成熟的藝術，然而那種絢爛成熟的藝術，從耐不住生命而不安的靈魂中，就會產生不具有充分魅力之矛盾。

關於政治

追求如此藝術的矛盾，關係著人類生命的問題。亦即藉著與死的接觸而發現生命的光輝，發現生命的堅韌、剛強的行爲，在無法自由自在的時代和社會——直接了當說，就是沒有戰爭、開拓和冒險社會的時代長久持續之下追求藝術，卻無法滿足於藝術的緩慢，很快就超越藝術。因而成爲過激的政治行爲，自是理所當然。人們很快就厭倦井然有序的社會、厭倦現狀，戰爭時如何憧憬的霓虹燈、多彩大都會的不毛地獄，如今嫌棄得想作嘔，討厭一切已確立的秩序，變得喜愛污穢的廢墟。

在此，藝術和政治的問題就登場了。我認爲這樣的欲求原本應該在藝術中追求，結果卻超出人生，超出到人生行爲中最需要全身奮力的政治行爲。往昔的政治行爲，未必是如此。政治分爲兩種類型。亦即遵從溫和而實際之目的、維持市民的生活秩序、受人們的信賴、安穩地守護秩序，正是政治家的職守；和緩改正缺失、聽取人們的意見、平穩的革新社會，就是政治家的任務。另一種政治行爲，亦即革命，那就是散布社會矛盾，以激烈方法，一舉轉換各種問題，夢想變革的那一方有一個理想社會，可是變革本身的熱情，不能不以存在現實中的生活壓迫、貧窮、可怕的社會矛盾等作爲前提。

如今，這兩類型的政治行爲，變成彼此相互詆貶。實際上在維持社會秩序的政治家形象，已成爲沒有任何魅力的灰色、煩悶的體制之象徵。變革的熱情，在現實中未必存在貧窮和可怕社會矛盾之處，也是隨處觸發。

雖然，納粹被稱爲虛無主義之革命，這不單純是知識分子中間層的心理性的不滿及由虛無主義所產生而來，因爲現實中有龐大的失業人口和經濟上的破綻，納粹才能夠在這種現實社會的基盤上得勢。雖然如今的學生革命，欠缺那種足夠理由和

3 海涅（Christian Johann Heinrich Heine 1797-1856），德國偉大的抒情詩人，也是思想家、評論家和革命民主主義者。

原因以得到萬人首肯，卻讓人看見波及世界、將所有都市捲進動亂漩渦的勢力。

如同納粹被稱爲虛無主義革命般，人們原本應該在藝術中追求的事情，因無法從藝術中得到滿足而轉移到實際行爲的世界，將生命的不安投影到社會的不安，藉由與死接觸勉強製造出生命的確認，難道不是打算以戰鬥行爲來證明那一切的傾向嗎？不過，這種人爲的政治行爲，不止於德國一個納粹而已，已經形成世界性風潮。那就是我之前經常說的藝術政治化、政治藝術化。

我們無法預測其結果到底會發生什麼事？以極爲簡單的方式來說，在藝術上縱使殺死百萬人不過都只是紙上殺人而已，可是一旦進入現實的行爲，在歷史上就難以脫逃殺死百萬人之罪。亦即，無論如何藝術都是一個無責任的體系，政治行爲首先就非從責任出發不可。因爲政治行爲到底是以結果作爲評價，譬如，縱使動機有私利私慾，若結果是好的話，身爲政治家，其作爲是被允許的。另外，無論動機是如何良善，卻是一個可怕的結果，那就非得自行擔負起責任不可。

現在的政治狀況，已經將藝術的無責任導入政治中，把人生的一切杜撰化，把社會的一切劇場化，把民眾的一切電視觀眾化，加上最終都把所進行之事藝術政治化，因而可以說無法達到眞正事實的嚴肅性以及責任的嚴肅性吧！

東大安田講堂事件[4]，聚集眾多的觀眾，人們以厭倦電視劇的目光投向顯像管，早已忘卻時間之順移。某英國人說，那是一座巨大的劇場。在那裡登場的明星寫下遺書，所謂「要美麗地凋零！」的塗鴉，宛如讓人看到死的姿態，結果沒有任何一個死者，全體舉起雙手、乖乖接受逮捕。當那一幕終了時，人們忘記那場戲，又回到日常生活。

不久，二月十一日建國紀念日，有一個青年不是在電視前，也不是在觀眾之前，而是在昏暗工地的暗處焚火自殺。其實，那裡存在嚴肅的眞實和責任。藝術無論如何都無法達到之事，就像這種焚火自殺的政治行爲，若是無法達到此政治行爲，那種藝術始終只是以自我的自立性和權威爲自豪罷！我從焚火自殺的這位青年江藤小三郎的「認眞」中，讀出他對於那些作爲夢想或藝術的政治，提出最強烈的批判。

4 一九六八年，東京大學學生因為反對大學學費調漲及要求校園民主化，特別是爭取學生參與政治活動的自由，不但引發無限期罷課，當時學生甚至占領了安田講堂。後來警視廳機動隊進入校園逮捕學生，才強行解除學生的封鎖。

所謂勇者

最近，亞蘭德倫主演的電影《武士》[1]上映，假如瞭解日本人對「武士」一詞有多麼理想化的話，就會感到有些心癢癢。雖說是將日本文化介紹給西方的大事情，不過西方人腦海中的日本男人，好像還停留在「武士」印象為多。

雖然，我也有幾本小說被介紹到外國，實際上對方認為那不過就是遙遠的東方，一個令人無法理解的民族所寫的一些漂亮的書本罷！我有種被摸頭的感覺，絲毫感覺不出有令他們折服之處。

有一次，我和一位英國貴婦聊到日本武士刀，因為被問道「武士刀該如何使用？」

我就在她面前，拔刀掄動揮舞，誇張地作勢要劈斬，瞬間她血氣全失，幾乎要昏厥。我才知道武士刀比文學更讓西洋人畏懼。

對我們而言，「武士」是我們父祖的身姿，對西洋人而言則是所謂noble

barbarian（高貴的野蠻人）吧！所以我們應該以更野蠻人的行爲來自豪。

根據心理學家榮格（Carl Gustav Jung）的見解，美國人心目中追求的英雄類型並非美國人本身，而是曾經與他們作戰的印地安人。

那麼，一說到「武士」，我們立刻會想到勇氣。所謂勇氣爲何呢？還有，所謂勇者又爲何呢？

最近的金嬉老事件[2]，最令我感到驚訝並非金嬉老及其周遭所引發世人的恐慌。而是金嬉老人質中那些二十出頭的青年。他們是道道地地的日本人，也是血氣方剛的二十來歲，西洋人看來的確就是「武士」，然而連續四天當中，縱使在金嬉老入浴時，竟然也不敢出手反擊。

我們生長在一個連受一點小傷都不願意的時代，於是金嬉老反過來利用這個連受一點小傷都不願意的時代和輿論，他確實是一位值得讚嘆的演員。而我們這一方

1 《武士》（*Le Samourai*），本片曾在臺灣上演過兩次，第一次的片名是《午後七點零七分》，第二次則是《冷面殺手》。導演梅爾維爾把美國黑幫電影元素加上日本的武士道精神，融合成為他個人獨特的黑色電影風格。

2 一九六八年，居住日本的韓裔第二代人士金嬉老，殺死了兩名黑社會成員後，跑到靜岡縣一間溫泉旅店內，脅持人質十三人達八十八小時，此一事件在日韓間引起極大騷動。

就推出連受一點小傷都不願意的四個日本青年，作爲代表送到那裡去。

現在有昭和元祿之類的稱法，大道寺友山[3]在《武道初心集》曾經如此描述元祿的「懦夫武士」，也就是所謂的「非勇者」，那種人凡事任性隨便，喜歡睡懶覺、睡午覺，最討厭學問。武道——用現代話就是運動吧！就算運動也沒一項在行，明明是一個草包卻裝出很有才華的聰明模樣，對於花在女人身上和吃喝玩樂上毫不吝惜地一擲千金，珍貴的文書資料也可以拿去典當，拿公款當交際費也毫不在意，爲人情義理出錢卻是一毛不拔。另外，大吃大喝之餘又沉溺女色，弄壞身體，自己的壽命如被銼刀慢慢消磨，變成無法忍耐一切苦勞、艱辛的肉體，所以柔弱依戀的心愈來愈嚴重。這就是非勇者——懦夫武士的定義。

太平日子持續過下去，我們很快就會忘卻戰亂時的種種回憶，忘卻一旦碰上事態危急時，男人應該如何處置才好？雖然金嬉老事件是發生在地方的小事件，也許有一天那種事情會擴大到整個日本而變成非常嚴重的情形，我們全部都成爲好像金嬉老的人質那般。不過，這完全是觀念和空想，現實中的日本，實在看不出有那般的徵兆。但是，現在女人的勢力也是徹底從危機感中遠離。

所謂不願思考危機，是非常女性化的思維。爲什麼呢？因爲女人要戀愛、要結婚、要生小孩、要養兒育女，必要有一個和平的窩。祈願和平爲女人生活之必要，因此爲了這個生活之必要，任何犧牲都可以。

然而，那不是男人的思考方式。有危機感才是男人該有的思維，當危機到來、威脅到女人的和平時，就必須依靠男人的力量，但是現在的女性有自信依靠自己的力量來守護自己的和平。其中之一的原因，就是男人不可靠，已經被女人看透了，另外就是她們從來不曾碰過所謂的勇者吧！

現在的日本，爲了所謂的順應大勢，不但和戰時體制下的美國不一樣，連徵兵制度也不具任何意義。無論如何又得有體面地應對世間，爲建設自己的家園走出一條有效力的道路。其實，所謂不順應大勢，又意味著什麼呢？

「三派全學連[4]」就是極端的例子，縱使揮舞棍棒，連「破壞活動防止法」也很難適用，拘留一天、二天就算解決問題了。何況還是被稱爲機動隊健兒的警察，

3 大道寺友山（1639-1730），日本江戶時代著名武士，信奉儒家思想，著有《武道初心集》、《岩淵夜話》、《落穗集》等書。

4 一九六六年成立，全學連當中最具行動力的學生團體。最突出的事件為，一九六七年當時正值反越戰風潮，三派全學連在羽田機場阻撓當時的日本首相佐藤榮作訪問南越。

全學連因為不擔心他們會持槍射擊過來，無論如何賣弄勇氣、挑釁他們，強勁對手不但不使出強硬手段，還來和我們一起玩。可以說他們就好像幼稚園的小朋友與保母般的關係吧！

因此，如今的日本，若是沒有可以證明勇者就是勇者的方法，那麼非勇者就不必擔心會被識破自己是非勇者。最後，縱使提起勇氣下定決心來決斷生死時，我們只能活在絕不讓任何人看到這個決斷的地方。嘴巴上講一些「為了什麼什麼而死」、「為了什麼什麼而賭上性命」之類的話很簡單，想找機會證明是否只是嘴巴說說而已，現階段是沒有機會。

我每次重讀《武道初心集》，就會認為想要區分現代年輕「武士」是勇者？還是非勇者？非得到別的地方看不可。那到底是怎麼回事呢？那一直都是筆直貫穿非常事態和平常事態的一個行動倫理。返回男性的根本生活，也就是所謂心中抱持危機感、為了那個危機嚴律自己每天的日常生活的態度。

當男性找到和平生存的理由時，女人所做的事比男人所做的事更需要幫忙。假如所謂危機是給男性一個觀念上的任務的話，男人的生活、男人的肉體務必全部面對此一任務，就好像一把不斷發射箭的弓般緊繃。我總覺在街上看到過多欠缺緊張感的目光。不過，那也許是我太過於杞人憂天。

義大利有名的小說家莫拉維亞（Alberto Moravia）來訪時，對我說：「日本的街道上，到處都是青年。我到東南亞各國走過一圈，來到日本看到一個驚人的特色，那些年輕人看起來都很像戰士一樣。」

所謂禮法

一般而言，劍道始於禮、終於禮，行禮後開始攻擊對方的頭。這正象徵著男人的世界。若沒有禮法就沒有戰鬥，其實禮法就是戰鬥的前提。若要說到底哪一樣比較重要的話，劍道是最注重表面、禮法、禮節。這又是什麼緣故呢？

好像昔日的騎士戰鬥般，男人世界的戰鬥首先就是從禮法開始。所謂禮法，當然含有道德，同時也是運動的規則。不遵守運動規則就會被輕視，戰鬥本身也會因違反規則而終至敗北。

男人的禮法，並不是以遵從對方、依對方的心意而行爲之目的。可是，無論如何不得不以禮法爲第一前提，現今所謂只要我們抱著坦白、直率的態度，就可以全然通用於對方的心思，這種不可思議的迷思正在到處蔓延。事實上，我們完全不知道美國式的坦率如何掩蓋商業上的圈套，不知不覺中被美國人不意的拍肩、美麗的微笑所欺騙，我方表現過於坦率，遭遇到意想不到損失的例子不勝枚舉。爲什麼呢？因爲野心家總是非常遵守禮法，平素和人之間也是嚴守禮法，一旦黃湯下肚就算跳起裸舞，人家也會認爲其胸襟多麼開闊啊！因此就能取得對方的信賴。平素一絲不苟而不散漫，一再把一絲不苟的模樣給人家看，人家也不會有什麼感覺。因此，男人保持威嚴的做法，就是先在裡端伸展人性，讓人家窺探到自然的人性而博取對方的信賴，那麼就能收到工作上的成功戰果。

最近電話使用方法之厲害，眞是令人驚嘆！連小小一句話的遣詞用字，也可以去察覺對方心情的那種細微、纖細心思，正在整個日本推廣普及中。

雖然是一件微不足道的事情，有時電視臺或廣播電臺的人來找我們這些小說家，洽談一些改編上演或角色的事宜時，說什麼「決定採用你的原作」，這種話好像已經變得很隨便。這種話在學生之間使用是很普通，例如：在某學校，學生公演一、二天，我的作品「被採用」之類。反過來說，又不是產婆幫人家生孩子，使用人家的作品，怎好說什麼「採用」呢？（註：兩者日文皆爲「取り上げる」，有採用、也有協助產婦生下小孩之意。）

有些用語，屢屢最重要部分就會出現禮法的問題，把禮法當成一扇門的話，遣詞用字的小節就是點在鉸鏈上的油。現在都不點油，所以門才會難以關閉地嘎嘎作響。不懂日常用語還有一種情形，就像來找我的學生，談了約一小時後，對著周圍的朋友說：「時間差不多了，該是打擾的時候了。」對於這句話，我真是驚訝不已。他大概打算說「該告辭了」，卻不懂敬語的表現方法吧！

假如我們認定人的真心能夠完全和對方相通，那就大錯了。無論是如何親密的朋友、如何長年交往的朋友，彼此之間對對方的心思，還留有相互無法理解的部分。所以言辭就是維繫之間的橋梁，若是這座橋只有渡行的設備，卻沒有欄杆、擬寶珠的話，就不能成為橋。

關於這些種種，就是禮法。軍隊在這一方面，拘謹的禮法已制式化，是一個處處都是禮法的世界，但是禮法不僅能夠圓滑軍隊生活的運作，機敏的行動和有禮貌、正確的禮法，也產生讓男人看起來更像男人的作用。

那種好像浮在半空中的幻覺般態度、身體軟趴趴，口說「ciao」，和那種以紋風不動的姿勢行舉手禮，這就是軍國主義和民主主義的大差距。為什麼呢？因為那顯示出資訊斷絕和資訊靈活的二個對照性的問題。

假如我們的生活當中，絲毫不具有如軍隊般邁向戰鬥目標的行動部分，那麼就沒必要有任何禮法。假如我們要反抗世間、完全孤立於世間，和所有人斷絕交往，那就不要有「早安」，也不要有「謝謝」。

不過，我們經常也會看到這樣的情形，儘管是從事政治活動的學生在反抗政府、反抗權力，儘管對著大學校長大喊：「喂！就是你！」之類，在他們夥伴當中對於學長學弟的長幼順序卻是相當嚴格。爲什麼呢？因爲人類的支配力、權力慾在運作時多少都會要求禮法，自然也學習到只有確實遵守禮法，自己才可以獲得權力。

因此，人際關係的禮法之嚴格，即使是革新陣營，幾乎也不比保守陣營鬆弛。平常以下流話罵政府的專家學者，在研究室裡又是以如何嚴格的禮法要求弟子呢？另外，所謂端茶的助教不懂倒茶方式，若知道會有多大的損失，就會覺醒吧！

這也是可以理解的，男人的世界和運動很相似。因爲得遵守規則以爭勝負，所以也得涵蓋根底下的爭鬥。不過，女人的世界裡，就無所謂根底之爭，因爲很少發生所謂的權力之爭，反而是攪亂運動規則的情形比較多。女人們縱使攪亂運動規則，也構不成對自己生存的威脅吧！

駐外大使館夫人間之所以相當嚴厲，主要是因爲女人接受政府的任命，以外交官夫人的身分前往國外才會產生，也就是模仿男人的世界所造成的吧！從最近大爲流行的那種描述大奧生活的小說或戲劇裡也經常可以看見。

不過，普通家庭的夫人們以丈夫爲盾牌，無論碰到多麼嚴重的事也是蠻不在乎面對丈夫，雖然她們窺見到世間的禮法也是丈夫的工作，卻還是馬馬虎虎敷衍過去，主要在於不致危害到自己的情形爲多。

禮法就好像保護自己身體的鎧甲。不必要有規則的人，也可以說是不必要有禮法的人吧！而且，不必要有禮法的人，到底要稱呼爲動物呢？或稱呼爲人類的自然姿態呢？則是因各人的想法而有所不同吧！

若由我來說的話，我個人認爲禮法就好像糊得尖尖的傳統禮服的肩膀般，可以美化男人。

很久以前，曾在盛夏拜訪熊本，在有名的龍驤館道場和一群少年一起練劍後，全身汗流浹背端座，突然有一位學長級的少年，以如撕裂的聲音發號施令道：「敬神——！」

全體少年在神前行禮時的豪邁勁，眞是令人難以忘懷。那就像一口氣撕裂暑熱布衣般的涼爽。所謂禮法如何美化年輕人？與此相較之下，住在沒有禮法世界的年輕人，又如何沒魅力？我感覺自己看到一個活生生的實例。

關於肉體

日本人對於肉體的觀念，原本就抱持著不重視的態度。日本既沒有維納斯、也沒有阿波羅。日本女體之美遠離如觀音像般的中性之美，真正感受到女人的肉感美，遲至江戶時代歌磨[1]的海女圖才首次出現。

那麼說，日本人不愛肉感的女性嗎？倒也不是。從飛鳥時代到平安時代，女性是以豐滿肉體的健康美迷倒眾生。《萬葉集》中出現的女性，讓人想到素樸，或說就像現在農村女性那種活力十足的魅力，自不在話下。之後，平安朝的女性才變得纖弱、毋寧說是畸形，這和文化爛熟後，女性非常注重人工美的法國十八世紀的洛可可時期一樣。洛可可時期的貴婦，生活在盛行極度緊身和極度壓抑的服裝風潮裡，若出現裸體的話，必定會被當成異樣人種看待。

1 喜多川歌磨（1753-1806），浮世繪美人畫巨匠。

不過，法國和日本不一樣，甚而說歐洲和日本也不一樣。所謂肉體是否可以思考以超越肉體之物來比喻呢？在希臘，不必說也知道有柏拉圖的哲學，雖然我們首先被肉體所吸引，透過肉體美，進而被更高層次的純理性所吸引。若要到達所謂純理性的極點，非得通過肉體美之門不可，爲希臘哲學的基本思考。

另一方面，在日本，佛教從否定現世、否定肉體出發，不僅不把肉體本身作爲肉體來評價，也絕不會有將肉體作爲超越肉體之事來評價。直率地說，就是沒有肉體崇拜一事。

日本人認爲美的事物，或美貌、或心意、或服裝之美、或精神之美，有時候則像《源氏物語》中美麗的女子般，在黑暗中隱約散發出香料的芳香味。有人說日本人很喜愛某種氣氛和某種感覺，是一個對氛圍比輪廓更能引發興奮的民族。在這種民族性和文化上，雖然出現谷崎潤一郎[2]文學，那種始於肉體崇拜的西歐傳統，終究還是如《蘆刈》般，潛藏在古老日本和服的絲質中、傾向洋溢朦朧陰影的女體之美，這確實就是日本人的變化，也可以說是不得不回歸日本傳統的姿態。

女性的肉體尚且如此，何況更被忽視的男性肉體。女性肉體至少還是被讚美的對象。只是因爲那讚美不含肉體崇拜的情緒，無法達到《舊約聖經》所羅門雅歌般，把女性肉體各部分以極爲精密的手法來象徵化和詩化，更何況被認爲應該隱藏、應該涵蓋在精神之內的男性肉體呢？男人要發揮其威嚴，非得以裹包肉體的服飾來誇耀威嚴。這當然受到中國文化很深的影響，在日本會顯露裸體者僅限於車伕馬伕之輩，或下賤無教養之人。這與近代以前的亞洲各地看到肌肉隆隆的男子，就認定那是下層階級的勞動者的想法一樣。女子所戀慕者，一定是纖弱、沒有肌肉的男人。爲什麼呢？所謂裸體本身即爲男性，是因勞動要求所磨練出來，那種勞動不是貴族和上流階級所應爲之事。因此，這也可以說日本人的行動哲學爲極度精神的理由。

因爲在希臘，肉體本身就被認爲美，甚至把美化肉體一事，和提升人格、提升精神等同看待。但是，在日本的武道達人，武道本身技術的磨練和美化肉體完全無關，直接就是和精神價值相結合。

宮本武藏擁有怎樣的肉體，實在無法想像。他爲人所樂道者，只有從異常深奧的精神探求中所產生的哲學家的一面，還有身爲武道家的超人技術的結合體。他的

2 谷崎潤一郎（1886-1965），日本文學唯美派大師，文風陰翳富麗，著作有《春琴抄》、《細雪》、《蘆刈》等。

肉體如同不介於其間般不存在。

我認爲日本人的這種肉體觀念，戰後從根本改變完全是受到美國的影響。美國社會未必在復興希臘精神，卻是一個極度肉體主義的社會。

在美國，豈止是身高未達幾英呎以上就沒有當社長的資格，牙齒排列不整齊的大學生連當職員都非常不適格，因爲不適合美國社會所要求的「微笑！」甚至大學生當中有牙齒排列不整齊者，父母會勸他們裝假牙的例子也不是沒有。

今後電視越形發達，人物形象傳達就在眼見一瞬間的捕捉，依此而產生價值的時代到來，連總統都會接受整形手術，或變成熱中電視化妝。這是美國肉體主義的當然歸結，無論喜歡或不喜歡，眼見的印象決定人一切價值的社會，當然不得不陷入肉體主義。我認爲如此的肉體主義爲柏拉圖主義之墮落。眼見之物，縱使爲美麗之物，也不能立刻保證一定具有精神價值。被認爲是希臘諺語的「健全的精神寄宿在健全的肉體」，其實是希臘語的誤譯，好像「健全的精神！寄宿到健全的肉體吧！」才是正確的翻譯。這也說明希臘長久以來，觀察到有關肉體和精神的齟齬、矛盾，一直在困擾人們的證據。

肉體主義讓人崇拜肉體的同時，也讓人侮蔑肉體，把肉體當作買賣。肉體不經崇拜的手續，把美麗直接出賣，商業主義被沾滿淤泥。瑪麗蓮・夢露的悲劇，就是將美麗肉體零售的一個女人的人生悲劇。

現在，我們站立在二個極端文化的正中央。我們的心中，殘留著日本式、侮蔑肉體的精神主義的同時，另一方面由美國進口的淺薄肉體主義也正在蔓延中。當我們要判斷一個人時，一直都在迷惘著該以何者來做判斷呢？我個人則是認為男人還是得具有健全的肉體，透過提升精神、提升精神健全性為目標，以達成非鍛鍊肉體不可的想法比較自然吧！

奧斯卡・王爾德[3]在《美少年格雷的畫像》中所說的話，當時被認為是卑怯的反動言論，如今看來卻是事實。那就是以肉體來治療精神之病，以精神來治療肉體之病。還有以官能來治療精神之病，以精神來治療官能之病，大致上是如此意義的一句話。

實際上，肉體最容易為人所誤解的最大理由，是因為肉體美無論如何也無法脫離官能美，那不僅是人類的宿命，也是人類在思考所謂美的宿命吧！

3 奧斯卡・王爾德（Oscar Wilde 1854-1900），愛爾蘭作家、詩人、劇作家。

關於信義

近來的年輕人對於時間觀念之淡薄眞是令人驚訝！不遵守約定之頻繁，也是令人厭煩。大致上說來，所謂時間和約定，其本身不具有什麼大不了的意義。譬如，約定三點見面，縱使變成三點半，日本也不會因此翻倒過來。縱使把週五的五點見面的約定忘記，日本的股市也不會一下子就暴跌。之所以如此，是因爲從學生時期就沒有意識到自己是社會的一個齒輪，縱使是對自己非常重要的約定，也認爲那成不了推動社會的母體。

不過，這種人一旦出社會工作、成爲一個社會人後，對於自己在社會上角色的重要性漸漸覺醒的同時，也會因過度自我評價而感到喜悅。如此一來，窗口型官員，或雖然做些微不足道的工作卻胡亂對人耍威風的人就會出現。再沒有比學生時期不守時間和約定的人，反而在成爲社會的齒輪後更自我滿足的人了。

所謂約定和時間，其本身並不重要。我們之所以遵守，並不是因爲不遵守世界就會翻轉才去遵守。

軍人的世界最爲不一樣，軍人最注重時間的準確性，因爲從一開始就不遵守時間的話很可能會吃敗仗。我方預計在下午三點占領對方的山丘，在下午三點的時間，爲司令官綜合各種情報，認爲是最適合的時間，考慮部隊步調的抵達點、人員及火力的配置後，才做出所謂三點這個時間點的決定。若是無法在自己做出的時間點擊退敵人的話，一瞬間也許就在敵人所做出的時間點被殲滅了。因爲這關乎生命的時間，所以軍隊的時間，必得保持著清晰的目的意識。

實際上，縱使不像軍隊般那樣極端的例子，社會也是依循時間在運作。因爲遲到三十分以致錯失幾千萬圓的契約，在社會上這種事眞是不勝枚舉。也有因一點點時間的錯失，研究發表的機會爲對手所奪取，自己經過長時間完成的研究，卻被對手先馳得點。

另外，若有幾個人爲某件事而競爭，總會變成以時間決勝負，把時間結果約定在所謂的契約當中是最爲討厭，因爲一定得達成「紙上所書寫的約定」。大致上，西方是被稱爲契約社會，紙上的契約規定所有的一切。

在日本，令人討厭的契約，只有租屋契約和公寓租賃契約而已，同樣是出版書籍，像我和出版社也只有口頭約定就可以。在美國則是厚厚幾頁、好像螞蟻在爬的細小活字繁瑣記載的契約書，把可能發生的所有危險、所有背叛、所有背信行為通通歸納出來。歸根究柢說來，不需要契約書的社會簡直就像天國。契約書是因為懷疑人性、把人設定為壞人才產生出來。

而且，從一開始就考慮人性可能發生的一切惡行來加以約束並封阻，相反地只要是在約束範圍內，無論何種惡行也是被允許，這就是契約和法律的宗旨。當然也有不同的思考方式，有人認為眞正近代的契約社會，縱使不交換任何一張紙，彼此應允的意思表達出來的時刻，契約就已經成立，也有如此一派的學說。換言之，契約社會的理想，縱使不交換任何一張紙，人們也會遵守契約的根本精神，所以也能夠順利運作下去。不過並非每一個人都如此敦厚，所以難題就產生了。

不過，在這裡我並不想從所謂這具有如何重要的社會性來發言，其實制約社會生活的根本為時間、為約定，所以我們非遵守不可的出發點為功利主義。譬如，在公司裡，依照打卡或沒打卡的每月出勤狀況的評定而影響年終獎金，出勤時間和約定之間最功利、最影響生活的形態就出現在此處。因此，在這裡所謂遵守，其實並非約定的精神。

我想說的是信義的問題。正因爲時間本身原本就是無意義，約定本身也是虛幻，才能在此賭上人們的信義。

一旦約定，無論對方是總理大臣，還是乞丐，約定就不應該有輕重之分。因爲這是我們本身的信義問題。

上田秋成[1]在《菊花之約》這部小說中，描述兩個相互信任的朋友，爲遵守多年前的約定，無論如何都要在約定的時間前往約定的地方，因爲人的肉體已經趕不及而自殺身亡，以靈魂出現在朋友面前，這是描寫一段人們追求信義之美的故事。那個約定本身是單純的友情和信義的問題，其實這兩樣東西根本不值一文錢。爲了那不值一文錢的東西賭上生命，好像很愚蠢，不過我的基本想法認爲約定的本質不在契約社會的近代精神之中，而是存在人們的信義之中。對於每一個人的人生而言，所謂時間是一去不復返。

昭和四十三年六月幾日這一天，對人類的歷史而言是不會再重返，同時對個人

1 上田秋成（1734-1809），日本江戶時代後期作家、俳人。代表作《雨月物語》，被譽為日本怪談小說頂峰之作。

而言，也是一瞬間一瞬間都不再重返的日子和時間。然後，就在那一天的時間裡，做最無聊的約定，例如一起去打柏青哥啦！一起去跳阿哥哥啦！這個相互等待的約定，其實可以認定是有千斤之重。那種時間之重，以及察覺現在非玩不可的緊迫感，其實是一種青春逝去的悲哀。

我在《熊野》的戲劇中曾寫過這樣的故事，強硬邀請美麗的二太太去觀賞今年櫻花的企業家，不顧二太太因母親重病而哀傷的心情，硬是拉著二太太去賞櫻，因為他認為今年的櫻花不可能再度重現。在人生的絕頂時期賞櫻，正好可以輝映她的美麗。那時，他是帶著不把母親生病之類放在眼裡的享樂主義的主張。其實，約定和信義，縱使是為了享樂主義也應該遵守不可。為什麼呢？因為快樂好像小鳥的影子，假如我們一錯失就永遠飛走了。

然而，說到為了快樂而約定，最普通的形式就是和異性的約會。僅管約會是為快樂而約定，為刺激，或為讓那快樂焦慮，而做出提高效果的伎倆，彼此稍為挪開一下時間，故意不在約定時間出現，或遲到，這是羅馬的奧維德[2]以來所使用的各種詐術。

但是，我認爲無論要怎樣的技巧也應該置於信義之上才對，我向來對於不守約定的女性，無論對方長得多麼漂亮都討厭。爲什麼呢？因爲我認爲無論如何快樂也應該在信義之上才能夠成立。

2 奧維德（Publius Ovidius Naso 紀元前43-17），古羅馬詩人。

關於快樂

所謂快樂一詞，是我在小時候讀兒童版的《一千零一夜》第一次發現的用語。我對快樂一詞非常在意。盛大的宴會、有女人、有美食、有酒，盡是些兒童被禁止的不宜事物。兼之登場人物，爲了快樂，有時也不在乎賭命以赴。

就這樣，所謂快樂一詞的最初印象，曖昧模糊且帶著禁止意味深植我心。雖然不明白其道理，總覺那裡有一個什麼核心存在。雖然還是孩童的我也隱約可以預感到那是和性相連結的。爲何性就意味著快樂呢？性和快樂連結之不可思議，長久以來是我心中的一個謎。

不過，從《一千零一夜》風格的華麗氛圍當中，學習到人生最初快樂的人，至少在近代社會裡是沒有的。對男人而言，性不是快樂，而是不安、恐怖、孤立感和被某種不可解、毛骨悚然之物所襲擊的出現。爲將它和快樂連結，還需要很漫長的路程。爲什麼呢？因爲在近代社會裡，快樂的成立條件，首先就必須要有錢。

爲了讓性與快樂連結，不得不努力工作，盼望有朝一日出人頭地。因爲在近代社會裡，不斷的壓力迫使，性成爲義務之事，或死亡冰冷之物，若想從中脫逃而把它和美好、華麗的快樂結合在一起，首先就得在嚴厲的生存競爭中勝出不可。

現在的年輕人，看起來好像很熱中從性愛中把快樂的要素去除。最近的週刊報導和二男同居的女性，問到那位女性如何看待有關人和人之間的交流？她的發言實在有趣。她說：「在這個週刊宛如是朋友們的謠言、電視宛如是朋友家的情景、收音機宛如是和朋友的會話的世間裡，那麼與陌生人做愛和那些事又有什麼理由不一樣呢？」她的意思大約如此，這些話深深打動我的心。有關這件事，容後再述。

最近，我看了一部非常好的電影《羅密歐與茱麗葉》[1]。無論是莎士比亞的舞台劇也好、電影也好，總忍不住打哈欠、懶散的我，只有法蘭高・齊費里尼[2]的《羅密歐與茱麗葉》，始終讓我覺得沒有任何一瞬間是無趣的，一個場面接一個場面、從行動中行動，都是充滿生命光輝和躍動的連結。其實，那當中所要敘述的只

1 臺灣片名為《殉情記》。

2 法蘭高・齊費里尼（Franco Zeffirelli 1923-），著名義大利電影及歌劇導演，成名作是改編自莎翁名劇《羅密歐與朱麗葉》的《殉情記》。

有一樣，就是熱情而已。史頓達爾所謂的「熱情戀愛」如何被影像化，恐怕這就是第一次吧！也因爲主角是十六歲的少年和十五歲的少女的關係吧！當他在冗長訴說時，眞叫人著急，當兩人面對面時，簡直像一對美麗的小鳥般啾、啾、啾、啾、啾、啾地快速接吻。在這裡沒有絲毫快樂，卻是充滿熱情。年輕人對於性所獲得的最美好之物，就是這種盲目又無知的熱情，成年人說那就是美，因爲成年人已經忘記潛藏在熱情中的痛苦。

恐怕在性愛當中，熱情和快樂正好處在相反的位置吧！若以最簡單的圖表而說，年輕人對於性愛的最高表現就是熱情，成年人對於性愛的最高表現就是快樂吧！不過，現在的年輕人正從性愛中把熱情解放。快樂需要花錢，這對於年輕人是不可能的事。雖然熱情無需花費一分一毫，卻得要有不惜生命的覺悟。若沒有不惜生命的覺悟、又沒錢的年輕人，享受性愛時所殘留著，肯定是宛如觀念性、玩弄末梢神經那種吃避孕丸做愛。性慾最強的時期，只能給予年輕人那種衰弱性愛的社會，總是避免不了會讓年輕人心懷不滿。成年人當中有人說現在的全學連就是廢止赤線[3]的必然結果，根本是大錯特錯。赤線存在時的日本人，還很樸素。追求赤線所帶來性出口的青年，還有可能留下一方的熱情，也知道應該如何去純化。然而，熱情的根源被關閉後，我們所能擁有不需要金錢的快樂，肯定是無限接近安眠藥的快樂。雖然說也知道那是很貴的東西，卻貪圖呑下白色藥丸帶來那種逃避現實的快樂，那是接近一切的性形態，也可以說是現代最具危機的現象。

那麼，快樂爲何物呢？日本和西歐相較之下，還殘留一點點可以用金錢買快樂的亞洲風特質。最好的地方就是花柳界[4]。我口袋的錢是不夠格跑花柳界，僅是受邀前往一流的花柳界，才有機會體驗到日本人所謂快樂的高雅，一夕之間盡情享受那種不具任何意義的樂趣。在花柳界是以地位和金錢來評價男人，藝妓把男人分成客人、情夫、情人等三種。因此，她們爲客人提供快樂，爲情夫付出多多少少的快樂和熱情，爲情人付出熱情、有時也付出金錢。

如此美好組成的快樂社會，在日本也漸漸式微了。銀座的酒吧，已經不意味著如此高雅的快樂。那種一流花柳界特有的氛圍，那種高雅的談話，那些美女極盡人工的化妝、服飾、接客技巧，還有超越色相的歐巴桑藝妓那種有味道的老練，這些都是構成快樂的重要因素。

---

3 風月區的俗稱。
4 藝妓的世界。

人們確實是可以用金錢買到快樂。歐巴桑藝妓一位、徐娘藝妓一位、年輕藝妓一位、含苞待放藝妓一位隨侍在自己身邊，所謂女人所具備的可愛、清純、美麗、成熟、瀟灑般壞心眼、超越性愛的女人之趣味，被各種風情的女人所包圍的自己，宛如置身於性的萬花境中，一邊酣醉於美酒一邊感受自己就在快樂之中。

在京都，想進去高級茶屋必須要有好的介紹人，介紹人意味著地位、金錢。年輕人為想接近這種被禁止的快樂，唯有以自己的年輕魅力，或許有機會成為藝妓的情人。我認識幾個這樣的青年。

有關成為藝妓的情人所擁有的獨特樂趣，並非無法體察出來。那是從裡面看到嘲諷世間的樂趣，雖然這世間的權力和財力之醜陋令人瞠目，卻也觸及出賣快樂為營生女人的真心之樂趣，對年輕人而言是最劇毒的快樂。為什麼呢？因為成為藝妓的情人而帶來自信的年輕人，預先已經知道所謂站在社會表面愚蠢的道理。最糟糕的事，就是因權力、財力而得到的表面之快樂的背面所巢據的快樂，其實是所謂快樂最初的殘渣、美食的廚餘，就好像在吃飯店舉辦的豪奢派對中客人吃剩的殘食、吃剩的上等牛肉、吃剩的上等龍蝦。

好吧！縱使如此，那當中也還有幾分真心的味道吧！

關於羞恥心

一般都說羞恥心是女人的特質。如今已成爲遠古時候的傳說，連維納斯都是遮住乳房站立的姿勢般，女性的美德一直都被認爲是因羞恥心而有涵養，透過羞恥心而流露出魅力。

不過，男性的羞恥心卻被等閒看待。再沒有像日本男性這般充滿羞恥心的男人。說沒有是有點誇張了，就我所見到的，世界上羞恥心最發達的男人，就屬英國人和日本人這對雙璧了。

英國人總是裝出一副拒人千里的態度。譬如，縱使對坐在同列車的車廂，無論經過幾小時，若是沒人介紹，絕不開口交談。那有一半來自典型英國人John Bull[1]

1 英國人的綽號，源自政治諷刺作品《約翰牛的生平》（*The History of John Bull*），該書的主角約翰牛盛氣淩人，如果誰流露出對他稍微表示不滿的情緒，他立即擺出一副格鬥的架勢。作者通過這個赳赳武夫的形象，暗喻當年英國的專橫跋扈。

的傲慢，一半是來自英國人獨特的羞恥心。英國人在面生不熟的人群中總是非常低調，躲在牆角專心聆聽人家的談話，被要求提出意見時才會慢慢開口說話。

我深深感覺到豈止戰後女性喪失羞恥心，男性也是喪失羞恥心。這不僅只是感嘆世間風潮而已。我自己本身也在不知不覺中受到時代潮流的影響，失去男人的羞恥心。

那是在妻子生頭胎時才察覺到的。到底什麼時候生出來？我在醫院焦急等待，終於等到孩子出生，我打算告訴父親金孫誕生，打了好幾次公共電話，一下子忘記投銅板、一下子又是講話中。好不容易投下銅板，終於接通了，我竟被父親料想不到的不悅語氣嚇一跳。實在感覺不出父親有因爲金孫誕生而喜悅的樣子。

後來才明白，父親是明治出生的大男人，還存有古風的羞恥心。自己的媳婦生產，連兒子都跑到醫院去，已經覺得很羞恥。從醫院慌張地打電話回來，更讓他覺得羞恥。妻子生產時，日本男人一邊擔心妻子腹中的孩子，一邊又和朋友出外去喝酒，故意佯裝不在意的樣子。那和輕蔑女人不一樣，毋寧說是對於純女性領域的畏懼、顫慄、謹愼和反抗所產生出一種男人隱藏羞恥的態度。明治男人不屑和女人並肩同行。因爲不願讓世間覺得自己是一個好色的男人，所以和女人必定相距而行，縱使已經結婚，還有很多男人覺得和妻子並行是一件羞恥的事。

這種情形恐怕不止於日本吧！有人對我剛才所敘述的事立刻認爲那是日本封建制度下的陋俗，這是戰後一般人的想法，不過有一部美國舊電影也有類似的事例留在我心中。電影名稱已經忘記，是賈利・古柏（Gary Cooper）主演，有關西部男人冒險的故事。片中賈利對於好強的野丫頭珍・亞瑟（Jean Arthur）屢次的求愛都予於漠視，雖然心中愛著她卻不表露出來，她硬要吻過來，他立刻以手背摀住自己的嘴唇。最後一幕，吻著已經死去賈利嘴唇的珍，想到男人不再以手背摀住嘴唇，不禁悲從中來。如今日本的年輕人，被女人吻時，恐怕不會有那種急忙以手背去摀住自己嘴唇的傻瓜吧！

但是，這樣的男性羞恥心，徹底與男子氣概相連結。男人女人各自嚴守自己的領域，心中無論如何被吸引，也不直接表現出來，爲戀愛不可欠缺的要素。這影響到帶著古風人們的一切感情表現，故意裝出討厭的模樣，其實是愛的最高表現。如今，只有在小學生之間才有這種事，小男孩自己也不明白，爲什麼動不動就去捉弄自己喜歡的小女孩，才滿六、七歲的小男孩就已經成爲百年前的明治男。

男女關係本身，依照美國風相互以最大限度表現愛意，故意擺出光明正大的模樣。連女人的羞恥心也被男女同權破壞，還把羞恥心當成封建的遺物，隨著女人羞恥心的淡薄，男人的羞恥心也如吐氣在玻璃表面上般，轉瞬間即消失。不知從什麼時候開始，男女之間這般露骨表現、失去彼此最重要的性表徵，也就是現在所謂的中性化時代的到來。

羞恥心不單表現在性方面而已。日本人在送人家物品時，會說「只是一點粗俗的小東西……」或「雖然是不好吃的東西……」的習慣，好像也漸漸消失了。美國風的習慣，那也和我們所生存的這個個人自由、權利擴張的時代非常相稱。

在這世上，人們以言論自由之名，大聲主張自己那未成熟、愚蠢的言論，根本忘記應該對自己言論持著謙虛謹慎的態度。人們對於自己的意見——甚至政治意見，都可以毫不羞恥地隨意發表。

成年人對於戰後年輕人面對質問時，振振有辭抒發自己的意見，高興看待爲嶄新日本人的新姿態。但是那種程度的意見，即使我們年輕時候也有啊！我們年輕時，有說不出的羞恥，對於在成年人面前曝露自己年輕未成熟的言論感到害羞又猶豫。那是自我表現的情感和自我嫌惡的情感同時相互混雜，高度驕傲和無法停止正確評價自己的欲求同時在交戰。

現在年輕人發表意見的方式，實在沒有羞恥心和反省力。我曾收到一張明信片，寫道：

「你是一個文學者，一頁文章當中有二十幾處錯誤的假名用法，眞是無知又沒教養，趕快修正！」

這位女性不僅不懂舊假名用法，也絲毫不會去反省自己的無知。

不過，依據薩德侯爵[2]的說法，性羞恥心單純是地理學上的問題。爲什麼呢？在某一國度裡女性的乳房被看見是羞恥的事，在某一國度裡是被看見私處、某一國度裡則被看見腳就是羞恥的事。

卡薩諾瓦在阿拉伯某國，向女性求愛一整晚都未成功，最後扯掉她的黑面紗想偷吻也不成，卡薩諾瓦向友人透露這是自己這一生當中最丟臉的事，於是他被嘲笑不知道那個國家絕不允許嘴唇的接觸，若是下半身應該很快就可以得到回應——曾有過如此一段軼聞。日本女性也曾有過在滿是羞恥心的時代，反而不在乎地在人前

2 薩德侯爵（Marquis de Sade 1740-1814），法國情色文學巨匠，作品探索性的各種禁忌面。

拉出乳房餵奶、甚至連混浴也堂而皇之走進去。

羞恥心不單純只是和肉體部位有關聯，而是整體文化的問題，也是精神的問題。對於戀愛會隨羞恥心消滅而消滅一事，我深信不疑。但是，另一方面我也認爲只要是人，羞恥心肯定還會以別種方式出現、出現在料想不到的地方。

今後，我打算來研究嬉皮族的新羞恥心。

關於禮儀

東京某一流飯店經營者的妹妹，是一位從戰前就在上流社會頗受好評的婦人，因長年在外國生活所以要求所有男人都要lady first。她在那家飯店吃日本料理時，雖然是日式座位，她自己大辣辣就坐在壁龕上位，對於料理沒有先送給她這位女性而感到非常憤怒。這家飯店已經統一要求lady first，爲何只有日本料理非得先送給男士不可呢？她感到非常疑惑。因此，她立刻向飯店高層反應，嚴令即使是日本料理，席上只要有女性，就得從女性先送菜。就我所知，日本料理從女性先送菜的，僅此一家。

我的表兄弟對於紐約的lady first也感到非常厭惡，離開餐廳時非得爲自己老婆披上外套頗爲生氣，總是假裝披外套，再以拳頭往老婆背後狠敲一拳，老婆透露自己很痛也很爲難。

我們夫婦私下協定。若是到日本料理店時我走前頭、西式餐廳時老婆走前頭。

若是把禮節當成一種遊戲，就不算什麼了。不過，因爲這遊戲牽涉到各種自尊心的問題，所以很麻煩。讓女人先走，或讓女人先上車，看起來好像對女人很尊敬，其實並非尊敬，而是對弱者的保護，竟然沒人察覺且爲此憤慨，眞是不可思議。

西方男人從小和女人一起走時，就學會自動護著女人讓她走在靠建築物那一側，自己走在靠馬路那側的習慣，因此幾乎不需要靠意識去努力就能做到。這個習慣在十九世紀維多利亞時代就已形成，主要來自當時乘坐馬車的緣故。那時縱使是倫敦，道路中央馬糞四溢，馬車在泥濘揚起中前進。若是男人不護著的話，也許女人不知何時會踩到馬糞，也或許長下擺的衣服會沾上泥濘。因此，男人必然走在靠馬路那一側。

眾所周知，美國開拓時期女人的人數比起男人明顯少很多，作爲性對象的女性成爲稀少、價值性高而被重視，lady first越發形成極端的狀態。日本完全欠缺形成這種習慣的條件，只有導入禮儀和禮節而已。戰前的日本和古希臘相近，女性守護家庭，男性撇開家庭主婦在外進行社交活動，自是理所當然之事。這也不是日本才有的習慣，西班牙至今還留有這種習慣。甚至可以說拉丁語系諸國，未必都存有英美那種形式上lady first的作風。

然而，禮儀就是禮儀。既然西洋料理的禮儀完全以lady first爲準則，若不讓女士走在前頭，一切的事情就無法進行。

在此，就會引發傳統的問題。女性，特別是現代的日本女性，清楚現在自己被解放而能自由行動，全部來自傳統的被破壞。爲什麼呢？因爲她們認爲日本傳統在壓迫女性的自由。因爲西洋風的自由、特別是美式自由，女性才能夠自由走到戶外或自由活動。話雖說如此，不過那並非就能代表所有的西洋作風。中南美洲諸國晚間八點以後，獨自走在街上的女性還會被認爲是娼婦。良家婦女在晚間八點以後，若無男性護衛是不可以在外行走。在近代化社會裡，職業婦女很多，婦女獨自夜行也就被認爲是理所當然之事了。這和傳統無關，縱使日本沒有戰敗，戰前日本婦女獨自夜行，已經不會在道德上被非難。只是行走在危險道路，還是必要有男人幫助而已。

現在，先進諸國流行自由性愛，以致日本傳統被破壞、西洋傳統也被破壞，假如是事實的話，我們不得不認定原本保守的女性，就是站在破壞傳統的最前端。但是，那難道不是女性的自我矛盾嗎？曾經有過一群所謂青鞜（Blue Stocking）的新女性，風靡明治末期的日本，她們吶喊女性解放，從事自封建束縛中解放女性的自由戀愛和自由社會活動。戰後，女性獲得選舉權，當然是美國占領軍的政策，因爲連戰勝國的法國女性獲得選舉權也是很晚以後的事。

因爲日本女性對守護傳統爲被動態度，並非自發性來完成守護傳統的任務。不過卻連現在的禮儀都微妙地被波及。若是女性果眞具有主體性的話，爲什麼不會產生主動守護傳統的想法呢？

若不守護傳統，傳統自然就會被破壞，而且是一被破壞就無法重返了。因爲男人明白傳統的意義，就某種意義而言，總是主動地站在守護傳統的一側，給人一種縱使自己覺得那傳統是好或是不好，也非守護傳統不可的強烈義務觀感。那就是日本男性看起來比必要以上還保守的原因。

然而，女性一直都在和這種男性對抗，趨向破壞傳統的方向，以作爲追求自己的自由和解放的依據。但是，這當中有自相矛盾之處。若是破壞傳統的行動持續的話，女性自己經被動爲傳統所束縛時的態度，也應該在傳統被破壞後依照原狀貫徹到底。但是，在什麼都沒有的時候，因爲得不到任何行動的基準，女性就開始如猴子般模仿西洋式的傳統，並且依此強烈要求男性。最明顯的例子，就是開頭談到的那位上流婦人吧！那位上流婦人，把西式禮節導入日本料理，使得日本料理的風味盡失、美味不再了。

實際上，根本不是女性的力量，而是美國男性占領軍的力量，成就女性的自由和解放時，女性又打算以什麼來證明自己的力量呢？那應該就是所謂的和平運動吧！那個和平運動全是以感情爲基調，所謂「不要再有戰爭！」、「不要把心愛的兒子送上戰場！」等一連串歇斯底里的叫喊聲響徹雲霄，具有任何理論都無法接近的力量。不過，女性依靠具有任何理論都無法接近的力量時，其實就是屬於被動的領域。日本和平運動的缺點，在於感情的訴求非常強烈的同時，以理論前進的力量卻非常薄弱，這也正是暴露女性的缺點。

我認爲不僅是禮節，和平運動也好，政治運動也好，假如是眞正被解放的自由主體之女性，在已經不怕成爲被害人的現代，希望能夠從那當中找出新的意義後再創新，自己也能夠主動擔任起向全世界顯示日本傳統之美的任務。

關於服裝

到過印度的人，可以看見印度人還頑固地穿著紗麗服[1]。紗麗服實在美啊！看到穿著紗麗服的女性，出現在豪華飯店大廳的姿態，宛如希臘高級娼婦赫泰拉（Hetaira）現身在宴會中，其優雅眞是令人驚嘆。以外國人的眼光看來，一切的民族服裝都很美麗。

不過，所謂美麗和便利則是兩碼子事。印度航空公司最為人驚訝之舉，就是空中小姐一律穿著紗麗服。假如發生事故時，該怎麼辦呢？因紗麗服纏住腳，原本可以不必死的狀況，可能會因此死去。這比日本航空公司要空中小姐穿上振袖[2]和服還要危險，我們對印度航空公司的紗麗服不得不有這種感覺。不過，若是航空公司以讓乘客抱有這種危機感，來撩撥人們覺得她們愈發美麗的話，那就是可恨的算計。

日本人是非常喜愛便利的國民。明治時代的西洋崇拜，日本人以不便利而放棄傳統服裝，感覺不出有絲毫的躊躇。

戰後，特別在某一時期，曾經因戰爭把和服全部燒掉，無論是男人還是女人，都很少看見穿和服的模樣。直至最近，連男人的和服也復活了。不過，那是作爲一種新時尚，傾向加入新異國情調的風味，已經不是如往昔般衣擺拖地的古來風俗之和服了。新春期間，到處拜年的女性們，每一個人都穿著白色和服，每一個人脖子上都捲著一條白色化學纖維的圍巾。另外，連穿著和服的方法，女人都已經忘記如何獨自穿和服的教養，若不靠人家幫忙，連一件和服都不會穿。

話說回來，男人穿和服也忘記如何親近自然風俗一事，怎麼看都是在反抗時代，或好像走在時代先驅般，換言之，以一種故意的態度在穿著和服。只有極少部分特殊職業，如茶道、能樂相關、歌舞伎相關的人才有穿和服的習慣，以作爲一種特殊職業的制服而穿在身上。還有和服腰帶的綁法也一樣，外行人綁的腰帶很快就鬆散，內行人綁的腰帶毫不感覺難受，雖然不緊卻任你如何動作，腰帶也不會掉下

1 紗麗服（Sari），印度婦女的傳統服裝，是一塊一米多寬，五六米長的布料，穿著前必須先穿上襯衣和襯裙；接著將紗麗服塞進裙腰，然後再把其餘的布料一層一層的裹在身上。

2 年輕小姐正式場合穿著的和服，有著長袖隨風搖擺為最大特徵。

來。

服裝眞正的樂趣，不在於自由自在、隨心所欲穿著到喜歡的地方，而是人們在穩定的經濟狀態和安定的社會中慢慢學習而來。所謂服裝，在強制之處有喜悅、在強制之處有美感，將此表現得最直接，就是軍人的軍服，還有晚禮服，因爲不穿不行而穿時，首先就顯現出穿著方法的巧拙，或穿著技巧的好壞。

現在的嬉皮，以遊戲來還元一切的風俗，任何權威、規則、習慣都抓不住自由自在的一切時尚，我認爲這是受到觀光的影響和國際交流及各國間異國情調均化所波及。縱使我們在銀座遇到穿著印度紗麗服的日本女性，已經不覺得驚訝。看到沒有任何傳統和歷史淵源的地方，隨心所欲選擇自己喜愛的風俗習慣而不會帶給人家任何驚奇的時代到來了，這也讓人重新察覺到所謂服裝，只有在社會的強制當中具有意義而已。

談到衣服的換季，在季節循環嚴密支配風俗的時代裡，也是一個很繁瑣的風俗習慣，往昔一進入七月，無論如何寒冷都不可以穿著雙層的袷[3]衣。一直到我祖父母那一代，這種習慣還是嚴格遵守。所謂風俗，甚至意味著規律、區別、社會性的強制以及道德。以前的已婚女性，將牙齒染黑的習慣也是如此，僅是將牙齒染黑的女性，連其肉體資格也被證明了。

說到男人的問題，自從導入不打上領帶連酒都不能喝那種拘束的西洋風習慣後，就只能活在一流飯店和一流餐廳都要強制客人遵守那般痛苦禮法的時代了。戰爭剛結束時，絕對沒有這種事。日本將這些西洋習慣移進來，才開始把所有日本的事物看成是野蠻行爲，這是明治初年所種下的根源。

日本一流飯店的游泳池，明白寫著禁止褌[4]和刺青。無論哪一個都是純日本產物，現代人卻流露出把它們當成下流物看待的偏見。原來是如此嗎？日本那種具有禮儀意義的正統服裝，竟是無法規範在日常生活中。那當然會產生雙重生活，於是和服就成爲厭倦西服人們家中奢侈的「第二輛車」了。事實上，西服的訂製費再怎麼貴也止於十萬圓左右吧！可是和服的價錢沒有頂，三十萬、四十萬都不稀奇。往昔，書生隨便穿的「久留米絣[5]」，現在若是質料較爲純正的話也得四、五萬圓，學生根本穿不起。我很愛久留米絣，但是訂製久留米絣和小倉袴[6]，可就很辛苦。

3 袷是有縫製內裏的衣著，按照日本的傳統，袷具有明顯的應時特徵，非常強調季節協調。
4 褌（ふんどし）也就是兜襠布，類似丁字褲，因綁法跟用途的不同，所以有很多種類。
5 久留米絣是用白線捆住棉紗和染成藍色線織製，藍色質地上有白色圖案或線條的織物。
6 和服下裳也有人稱褶裙。小倉織為江戶時代豐前小倉藩（現福岡北九州市）的傳統織物，是質地良好的木棉布。

因爲現在已經找不到那種傳統的書生服裝。不過，我想若是在以前那種嚴謹的世間，像我這種年齡還穿著久留米絣和小倉袴，可就會被當成瘋子，如今已經是和服價格昂貴到年輕人穿不起的時代，所以我認爲自己這般年齡來穿一點也不奇怪。

原本和服就是這般，依照階級和經濟能力強弱而有極爲高下之分。從前旅館的掌櫃，只要瞥一眼人家身上的和服，就可以判斷出客人口袋的深淺。現在不買書、省吃儉用，花大錢治裝的年輕人大增，僅從服裝非常難以判斷一個人。因此人們的階級表象，也就是社會地位的象徵，已經從和服自動移到汽車或手錶。和服是否也象徵我們這個無階級社會般混亂中的混亂呢？

其實，在那當中我們可以不被階級偏見所困擾，甚至可以去體會階級的快樂。那應該是有些想穿晚禮服年輕人的心情吧！其實，即使是晚禮服，應該也有各種沉重的歷史。

以前，非穿晚禮服不可的人，絕對不能穿牛仔褲。還有穿藍領服的人，絕對不能穿晚禮服。多虧無階級社會，讓我們生活在這個從藍領服到晚禮服都可以自由自在通行的世間。某一夜的某時刻，只要支付一些錢，就可以手挽著身著晚宴服或晚禮服的女性，前往如以前上流階層遊玩的地方，體驗往昔上流階層般的快樂，像這種玩樂結構，現在的日本有，美國也有。

然而，很悲哀吧！在這周圍的人們，全都只是贋品的上流階層而已。享受晚禮服和晚宴服的人們，因爲不是眞正的上流階層，也可以完全免去上流階層所痛苦的古老、令人厭煩的封建桎梏。

關於長幼有序

最近我在十九世紀法國有名的評論家聖伯夫（Charles Augustin Sainte-Beuve）的隨筆《我的毒》一書中，發現可怕的文句。摘錄如下：

「我看到年逾不惑、聲名遠播的許多人的失敗、脫線、瘋癲狀態及卑劣行爲而深思。雖然不喜見此和感到焦急，所謂青春還是屬於認眞聰明的人。迷失方向而成爲輕薄之人，反而都是在人生的後半。」

最近，沒有比這篇文章給我更大衝擊了。從以前，我就有在自己喜歡的文章畫上旁線的習慣，看到以前並未在這本書上畫上旁線，我想二十年前讀此書時，大概是未受到任何感動吧！不過，現在年逾不惑，我才發現這篇文章有著深刻的挖苦意味。

所謂長幼有序，到底爲何呢？依據聖伯夫所言，是否得尊敬那個有過認眞聰明的青春，卻迷失方向成爲輕薄之人的年長者呢？有說是世代斷層，不過如往昔般師徒間、學長學弟間美好的敬愛之心已被捨棄的今日，青春和中年或老年的對話，一直都無法避免激烈的代溝。

前陣子，我出席三派全學連代表、校方老師代表以及包含我在內的數名校友，總計有十五、六名的東大問題相關座談會。校方眞誠的老師以客氣、謹愼的語調：「我們會參酌您們的意向愼重研究，做自我檢討。」正在說話中，三派全學連諸君從桌子那方異口同聲笑罵道：「這畜牲是什麼啊！」、「不必說謊，這傻子！」

我實在看不下去，於是說道：「好不容易特地來和學生座談，拜託老師和學生都以對等的方式來對話。總之，請不要客氣，既然那邊說這畜牲，這邊也請說這畜牲吧！」途中，認眞的老師露出憤怒神情，語調遽變：「既然如此就說了，你們這是什麼態度？這小子！」聽起來還眞是奇怪。

人生，在未成熟乃至發展時期，若沒有任何的約束會很可怕。無論我們如何累積教養、累積知識，未必就可以據此得到人生的安定和安心。所謂長幼有序，我認爲是在年齡相差不大之間的有效力用詞。在運動社團中，縱使只是差一年、二年的學長學弟之間，非常有秩序遵守的禮貌規矩，光看都覺得心情好。

特別是武道中，學長學弟間的禮貌規矩稍有欠缺，立刻一如往昔飽以拳頭制裁。那眞是恐怖！雖然以恐怖秩序來保有長幼有序，但是在現代社會裡，若說運動社團有這般的長幼有序，聽起來一定有如虛構。事實上，以前在運動社團中長幼有序的嚴厲外側，社會全體都有尊敬老人的道德習慣，依照那種學長學弟間長長的階梯所建立的運動社團，只是反映出社會的一小部分。

如今，老人不能光只是被尊敬，還得高捧年輕的對方，學會如何掌握、支配年輕人的方法。後生晚輩，也就是年輕人察覺那種技術後，也只學會單純以長幼有序的建立方法，來作爲世間的利害關係、自己的功利主義及出人頭地的一種人生技術來學習。不過，這種事並不只限於現在，實際上從戰前即爲如此。

敬老思想原本是農業社會的特質。農業技術注重經驗，天候的變化、農作物豐收歉收的判斷、種植的判斷等一切被認爲非常不規則的現象，漫長歲月的累積當中，自然就悟出一種法則。也就是自然法則，眼前的短暫期間，只能看作是大自然單純的發威。若把那轉化爲法則、累積成經驗、獲得實際技術上的成果，需要有漫長的歲月，也就是必要有上年紀的人。

年輕人如此聽信老人所言，必然會遵守長幼有序、變得尊敬老人吧！

然而，在現代社會裡，老人並不是什麼都知道，而年輕人也不是什麼都不知道。猛然想到，老人最清楚的，也許是電視新演藝圈的話題吧！我妻子娘家，一位已經過世的八十幾歲老祖母，一整天都在看電視，新爵士歌手或流行歌手的名字，都是這位老祖母告訴我的。她從十幾歲歌手的私生活，到他們的食物偏好，喜歡天婦羅、討厭紅豆蜜[1]等通通瞭如指掌。

因爲今後我們更得生活在資訊社會，只是一味被動接收資訊的任務也許就要交給老人。不過，資訊社會的另一面，將會以技術社會作爲發展，也許年輕人的領域愈來愈拓展，老人的技術性知識變得日益陳舊而成爲無用之物。因爲資訊的利用，已經需要新的技術性知識，整天守在電視機前的老人的資訊，也許就會喪失作爲資訊的價值。如此的社會中想提倡長幼有序，其實是一件難事。

依此來思考，方才我說差一年、二年的學長學弟運動社團的長幼有序，聽起來有如虛構，不過若是抱著明年自己就可以得到那地位的期待，現在就可以咬緊牙關忍耐下去吧！學長下令跪坐一小時，雖然跪坐在木板上的小腿發痛，可是想到遲早

1 紅豆蜜（あんみつ），日式甜點，以寒天為底，上面放紅豆餡、橘子、櫻桃等水果，再淋上黑糖漿。

也要讓明年的一年級嘗一下這種疼痛的滋味，抱著那個愉快的期待肯定可以忍耐下去。這種忍耐法，以前的軍隊（無階級社會的範本）就可以看見了。

軍隊是無階級社會的範本，聽起來好像不可思議，戰前日本爲從華族到平民的階級社會，只有軍隊獨自形成一個閉鎖社會，其內有種種嚴格的階層，自外於世間的階級而建立一個不一樣的世界。如今，全日本已經成爲無階級社會之後，年齡的差別反而成爲唯一的階級，戰後轉瞬間成爲一個老人社會。

軍隊裡，被欺侮的菜鳥兵，總是懷抱有一天自己成爲上司來欺侮菜鳥的夢想。假如現在不先把學長捧得高高的話，自己成爲學長時，就無法將權威發揮得淋漓盡致。一方面所謂年齡秩序，如同方才所言，因社會的變化而難以依賴時，別說是長幼有序，我們也許就會變成如全學連所主張般，生活在一個除了個人完全的自由外什麼都沒有的世界。

不過，我確信地說無論如何自由的世界到來，人們很快就會對此感到厭倦，一定會趕緊設置階梯讓自己先爬上去，讓別人跟在後頭爬上來，人們肯定很想證明映在自己眼中的景色，比從下方爬上來的人所見到的景色，還要寬廣一些。

要言之，那個階梯是寬？是窄？能夠橫排一列爬上去呢？或是只能排成縱隊爬上去呢？才是問題所在。所謂長幼有序，在於狹窄階梯上的道德，無論階梯如何寬廣，我們也無法做到消弭人們想要爬階梯的欲求吧！若是變得不重視長幼有序，相反地人們肯定不得不尊敬「年輕」。

關於文弱之徒

我在高等學校之時——當然是戰爭期間，武斷派健將的學生們，在辯論大會雖未指名道姓，卻指著我等說：「在這個日本危急存亡的時代，文弱之徒還在這個學校，臉色蒼白地熱中文學之類，豈不可恥！」我心想這是什麼東西？越發堅定爲文學而活的決心。此事以來二十幾年後的我，竟將站在斥責人家是文弱之徒的立場，眞是做夢都料想不到。

然而，我並不想成爲仗著那個時代的權力和戰爭的威權，斥責人家是文弱之徒的人。因爲現在文弱精神橫流全日本，對此我有一種強烈的心情希望以自己本身青春時代的心理，讓大家認識所謂文弱之徒的狡猾精神構造。

所謂文學，就像螃蟹鑽到洞穴隱藏身體般，這是躲在安全地帶的一個最好的工作。爲什麼呢？因爲文學怎麼樣都有藉口，文學世界以和現實世界無任何牽連爲前提而成立，無論如何批評都可以。眞正的文弱之徒是，把文學之外的一切關心和努力都放棄，把好像只在文學當中被允許的無道德、放縱當成自己生活的理想，盡給人添麻煩、不知反省的一群人。

我一直都感到文學本身有一種使道德淪喪的危機。我看過好幾次有人想從文學中尋求道德和生存的目的，卻在不知不覺中掉入圈套。正因爲如此，所以應該明白其帶給文學青年的魅惑危險性。

其原因，在於想從文學中找到生存目的的人，總是對現實生活持有什麼不滿的人。而且對於現實生活的不滿，不在現實生活中尋求解決，卻想追求另一個世界，期待從那裡找出解決之道，也就是打算從文學當中探求出生存的目的或道德。能夠找出答案的文學肯定是二流作品，青年被這種二流作品所腐化，罪還輕、危害也還少。雖然我不指名道姓，不過那種文學在任何時代都有。

那是爲鼓舞人們往更高精神層次所寫成的文學，那是稍微提升人們的平均道德，讓所謂人生看起來稍爲光亮，爲巧妙給予人們欺瞞的設置物。誠然，小說家總是說一些美好的話。給予失戀的青年希望，給予失敗的青年某種程度再出發的力量。還有對於迷戀女人至絕望的人，就說：「所謂女人就是那麼回事啦！」給予對方一種稍稍超然的立場。若有爲貧窮所苦，就會告訴對方世間不只是金錢，還有精神價值。另外，若是認爲自己是肉體和精神的弱者，就會以沒有比弱者更接近人類的眞實來安慰我們。那是非常溫和，不過有時也會舉起好像嚴厲的母親和老師的手，有很多人親近那種文學，才對人生覺醒。那種文學一定兼備幽默和低俗的魅力，把學校不教的事、父親和前輩不說的事巧妙寫進去以引發大家的興趣。舉個最低俗的例子吧！寫給少年少女閱讀號稱小說之類的書到處都看得見。從小學三、四年級的少女開始閱讀那種小說，一方面結晶出自己模糊的夢想和夢想中美麗清純的戀愛，雖然不久就被世間的風波所打破，卻又會給讀者更強烈想活下去的勇氣。

然而，眞正的文學並非如此。我最希望文弱之徒警戒，就是眞正文學所帶來的危險。眞正的文學會把所謂人類如何充滿可怕的宿命，毫不顧慮給我們看。但是，那不像遊樂區鬼屋裡的妖怪般，以威脅、恐怕的手段來告訴我們，而是透過美麗的文章，充滿軟化人心的魅惑描述，告訴我們人生在一無是處的人性底層潛藏著無可救藥的惡。

愈是傑出的文學愈是認眞、執拗地告訴我們人類已經沒救了。假如想從當中追求人生目標的話，雖然在此之前肯定還有宗教，卻沒有一座橋可以走到宗教的領域，而是把我們帶到最可怕的懸崖並棄之不顧，這就是「好文學」。因此，如方才所說因爲讀二流人生小說而覺醒的人算還好。接觸一流的可怕文學，因此被帶到懸崖斷壁的人們，自己以同樣的才華能夠完成那樣的文學也算還好，沒那般力氣又不努力，就會陷入是以自己的力量來到懸崖的錯覺。

從那錯覺會產生各種事端。雖然自己很無力、只是一個文弱之徒、沒有任何力量、也無法改變人生、無法做任何變革，自己所在的位置卻是可以嘲弄所有人的位置，可以譏笑所有人的位置。因爲這是拜文學所賜，縱使與人爭吵，被毆一頓，被人看不起，也還是沒有絲毫的正義感，哪怕在電車內看到有人抽菸，也不敢叫對方停止抽菸，哪怕在暗巷看到有人威嚇女人，也不敢和對方計較。儘管沒有任何一樣本事，面對人類世界，卻認爲自己是擁有「笑的權利」那般不可思議的自信。於是，對於所有的人都投以嘲笑的眼神，嘲笑所有的努力，並且立刻能找出對某種事全力以赴的人的滑稽缺點，嘲笑其眞心和熱情。自己在不知不覺中學會對於超越人類的美麗事物，譬如人類精神結晶的激烈純粹行爲有輕蔑的權利。

如此態度會自然流露在臉上，表現在服裝。我從人群中一眼就可以辨識出有那種想法的青年。那種青年的眼睛乍看下顯得清澈，不過在其深處卻沒有光，他們欠缺年輕人最重要的那種純粹的愚蠢和動物性的力量。他們成爲一種隱花植物[1]。

比別人更加一倍清楚這種文學之毒的我，想脫身也是理所當然吧！不過，縱使試著脫身，身爲職業文學工作者的我，文學卻執拗地跟來，我當然至少希望把那種毒害告訴做不成職業文學工作者的人。這就是我叱責文弱之徒的理由，縱使想要劍卻只是揮舞竹刀，在察覺到從虛無主義的泥沼可以瞬間脫逃，也是很久以後的事。最單純的行爲就是察覺從某處可以來治好那種文學病，也是很久以後的事，也就是說那已經是我被文學之毒所毒害的青年時期已經過了大半的時候了。

如果可能的話，希望在文學熱出現時的青年，早點醒過來吧！就讓當中那幾個不是染上別人的毒，而是他們自己的身體生來就帶有可怕劇毒的人，以文學者去寫幾部作品就可以了。

1 指不開花產生種子，而以孢子繁殖的植物，如藻類、苔蘚和蕨類植物。

關於努力

大致上，如同所謂「天才是靠努力」這句諺語般，常有人說未經琢磨的玉石，若不加以琢磨，就無法被人認識而告終。這樣的格言，在功名主義的社會，更是被當成金玉良言。人們汲汲皇皇、努力不懈，在生存競爭激烈的社會，擠掉別人，誇耀自己驚人的努力，成爲世間的勝利者。我們對所謂努力的價值，從來都不曾懷疑過，特別是在日本。

日本從明治維新以來，成爲階層流動激烈的社會。大致上說來也有階級制度，不過卻不像英國那般是固定不動的社會，而是任何人只要努力就能進入一流大學，結果可能當上總理大臣、大公司的老闆或是軍中的總司令官。戰後的社會，在此意義上的本質並未改變。日本人靠著辛勤奔波、驚人努力，創造出二戰後世界第三繁榮的國家。日本人看到別人努力時，自己也無法不動起來，集中在這狹小島上的一億人口，激烈地相互作戰，讓整個日本都動起來。

努力的價值從來不曾被懷疑過，正是日本這個國家在某種意義上，所呈現的民主主義性格。爲什麼呢？因爲所謂努力爲非貴族者的性格。英國的貴族，依照紳士教育的傳統，有一種看不起努力苦讀或愛讀書者的習慣。英國貴族，雖然也進入伊頓公學[1]學習作爲一名紳士的基本教養和知識，不過那個要求只是最低限度的問題而已，之後就專心於所有的運動，全心致力於養成貴族風格和貴族的優勢性格。總之，那是重視學習優雅和天生氣質更甚於努力。

所謂「天才是靠努力」這句話，換言之，就是想要飛黃騰達者的哲學，毋寧說是對沒有錢、沒有地位階層的人們，爲被世間認可所付出血淚斑斑努力的輕視。最明顯的例子，就是沒有進入社會墊腳石的黑人階層，爲成爲世界級的拳擊手，所付出血淚斑斑的奮鬥。現在，如方才所說的那種英國貴族主義，已經成爲過去、已經成爲被人捨棄的思考方式，但是人生在所謂努力的想法之外，還有一個想法，預先瞭解比較不會吃虧。

其實，我反而比較想區分什麼是輕鬆？什麼是努力？人們因情況不同，有時可以輕鬆愉快去做的事，也會變得很苦。天生貧窮的人，一旦被免除努力的義務，就好像狐靈附身被驅除般進退困頓。

幾十年來，不斷爲公司或機關努力打拼，只有在那裡才能發現自己生存價值的人，退休的同時，就成爲行屍走肉了。我們的社會，每天都將那種殘酷的悲劇加諸在人們身上。那些人佯裝出很期待把玩庭院的植栽或無害的興趣度過餘生，可是對他們而言，幾乎不知道該如何來應對失去努力方向的空虛人生，因此還希望有另一種徒勞無功的努力一直付出至死。其實，最心酸之事還不在付出努力本身。我們更應該明白擁有某種能力的人，卻限制他不能使出那種能力，是作爲人最不自然的痛苦和心酸。

這一次，人類打破百米十秒的世界紀錄，刷新爲九秒九，與其說是人類的努力，毋寧說是接近動物的人類、所謂運動員的努力，終於突破人類的極限，衝到九・九秒。那麼，這位可以九・九秒跑完百米的人，若要他以十五秒跑完百米，會輕鬆嗎？而且，那不只是一次的即興跑步而已，而是從此以後絕對禁止他以九・九秒跑完百米，告訴他若是以低於十五秒跑完百米就把他送進牢裡，會如何呢？他恐怕無法忍耐那種痛苦，也許會發瘋吧！人類具有若能百分之一百發揮自己能力時，

1 伊頓公學（Eton College），英國的名門中學之一，也是英國王室、政界經濟精英的培訓之地。

就可以神氣活現的不可思議性格。然而，能力被削弱，只能做遠比自己能力低的事情，這種折磨潛藏著比努力本身還可怕的痛苦。

我們的社會把努力置於道德規範的結果，幾乎不曾有人去觸及所謂強制有能力的人故意放慢腳步，這塊獨特的社會折磨。而且，不僅是我們知性能力而已，肉體能力也不斷在進步，少年在十五歲時的肉體已經成年了。但是，我們的社會並不會因此就給青年戰鬥的機會，社會是由老年人來支配的鐵則堅固不搖，這樣的世界裡，十秒可以跑完的青年，卻強制他們得以十七秒、十八秒來跑。我在這裡看到把努力和建設當成道德，這個社會謊言的背後，有讓人更心酸、更痛苦的社會強制力量。

學生運動也不得不站在這種立場來考慮吧！爲什麼呢？因爲如今的世界，把「慢慢跑吧！只要保持秩序、遵從成年人的社會，保證會給你們好的生活。讓你們擁有美麗的太太、可愛的孩子，也讓你們有好的公寓可住。而且，遲早也會把社會的支配權讓給你們呀！但是，那還得等待三十年喲！因此，現在你們要好好讀書，慢慢跑……」的所謂公民社會道德強壓在全體青年的身上。學生當然有身爲學生應有的努力，不努力學習的學生就稱不上是學生吧！不過，社會全體的節奏，卻是要求跑得快的人慢慢跑，跑得慢的人快快跑。

這恐怕就是現代日本社會之所以扭曲的根本原因。一方面有過多可以長跑的能量，但是這些傢伙只因爲年輕而被輕視。雖說如此，也不能認爲他們都有非常傑出的才能而一味吹捧。但是，依循明治以來的日本社會特質，他們也是被強制要「努力！努力！」然而，無論如何努力，也無法衝破社會之牆。那確實是非常痛苦，也因爲已經學會所謂「不得不在十五秒跑百米」的服從道德。那一瞬間，已經主動放棄發揮自己眞正全能量的機會。

另一方面，跑百米得要三十秒，不！得花上一分鐘的年齡層，也就是管理職的肩膀上，卻得擔負一個人無法獨自負荷的重擔。雖然一個人獨自處理非常勉強，也得以十五、六秒跑百米，不！縱使不可能也強制要在十秒左右跑完百米。因爲「年輕人太危險了，不能託付他們。」

如此一來，也實在是太自以爲是。總而言之人生就是要努力、努力，一定得做好榜樣給年輕人看，就在這種死命打拼的生活持續當中，突然因心臟痲痺或腦溢血而倒斃了。

《Pocket パンチ Oh!》昭和四十三年六月－四十四年五月

新戀愛講座

新恋愛講座

作　者　三島由紀夫
譯　者　林皎碧
主　編　郭峰吾

總編輯　李映慧
執行長　陳旭華（ymal@ms14.hinet.net）

社　長　郭重興
發行人兼出版總監　曾大福
出　版　大牌出版 / 遠足文化事業股份有限公司
發　行　遠足文化事業股份有限公司
地　址　23141 新北市新店區民權路108-2號9樓
電　話　+886- 2- 2218 1417
傳　眞　+886- 2- 8667 1851

印務協理　江域平
封面設計　莊謹銘
法律顧問　華洋法律事務所 蘇文生律師
（本書僅代表作者言論，不代表本公司 / 出版集團之立場與意見）

定　價　380元
初　版　2012年12月
四　版　2022年7月

電子書E-ISBN
978-626-7102-91-6（EPUB）
978-626-7102-90-9（PDF）

國家圖書館出版品預行編目（CIP）資料

新戀愛講座 / 三島由紀夫 著；林皎碧 譯. -- 四版. -- 新北市：大牌出版，遠足文化事業股份有限公司，
2022.7 面；公分
譯自：新恋愛講座
ISBN 978-626-7102-75-6（平裝）

861.67　　111009037